银河奖科幻名家
星魂勇士系列丛书

记忆漫游者

Memory Wanderer

苏学军◎著

SPM
南方出版传媒
广东经济出版社
·广州·

图书在版编目（CIP）数据

记忆漫游者 / 苏学军著. — 广州 : 广东经济出版社, 2021.8
（星魂勇士系列丛书）
ISBN 978-7-5454-7532-6

Ⅰ. ①记… Ⅱ. ①苏… Ⅲ. ①幻想小说—中国—当代 Ⅳ. ① I247.5

中国版本图书馆 CIP 数据核字（2020）第 256022 号

出品机构：博峰文化
图书策划：李　雷
责任编辑：周　炜
责任技编：陆俊帆
装帧设计：平　平 @pingmiu

记忆漫游者

JIYI MANYOU ZHE

出版人	李 鹏
出　版 发　行	广东经济出版社（广州市环市东路水荫路 11 号 11 ～ 12 楼）
经　销	全国新华书店
印　刷	三河市双升印务有限公司 （三河市杨庄镇杨庄村）
开　本	880 毫米 ×1230 毫米 1/32
印　张	9
字　数	175 千字
版　次	2021 年 8 月第 1 版
印　次	2021 年 8 月第 1 次
书　号	ISBN 978-7-5454-7532-6
定　价	45.00 元

北京营销中心地址：北京市东城区夕照寺街14号富瑞苑大厦201
电话：（010）67138865　邮政编码：100061
如发现印装质量问题，影响阅读，请与本社联系
广东经济出版社常年法律顾问：胡志海律师

目 录 Contents

一、林颐

林颐一夜未眠，但是她觉得一点也不困。

天还没亮，她就轻手轻脚地起来给豆豆做早饭，然后坐在床头等着孩子醒来。她静静地看着孩子，一动不动，大脑里一片空白。

吃过早饭，送豆豆去幼儿园之后，她又回到家里。

林颐坐到沙发上，就那么呆呆地坐着，外衣都没脱，包还挎在肩上，像了无生气的雕像……

手机闹钟的振铃突然响起来。

林颐浑身一抖，像从噩梦中惊醒一般。她拿出手机，关掉闹铃，打开微信，又看到了那条信息：明天上午十点半，顺峰宾馆 713 房间，如果你不来，我们就去找你儿子。

她看着这条信息，心里百感交集，有懊悔、有恐惧也有隐隐的愤怒……

良久，她长长地叹了口气，站起身，把包紧紧抓在自己手里，向门口走去。

回身关门的那一瞬，她向房中扫了一眼，目光中满是不舍。

地下车库里。

林颐刚坐到驾驶座上，微信的信息声就传来了：

“送豆豆去幼儿园了吗？”

原来是豆豆爸的信息。

“送过了。”林颐回复。

“做什么呢？”

“没事，准备出去逛逛。”

“注意安全。”

“好。”

自从豆豆爸从总部调到杭州分公司后，这种相距遥远、没营养的问候已经持续了四年——和豆豆的年龄一样长。

车子驶出车库，穿过小区的大门。门口的保安照例微笑着冲她挥了挥手，她点点头然后便驾驶着车子汇入了滚滚车流中。

这些年，人们虽然有了安全驾驶的意识，但随着车辆的急剧增加，马路上仍显得拥挤而嘈杂。

林颐木然地直视着前方，机械地操纵着方向盘，随着车流前行。

人们沿着同一条道路、同一个时间线，走向不同的命运。

渐渐地，一座高大的建筑物显露出来，顶部“顺峰宾馆”几个大字在阳光下有些刺眼。

车停在宾馆的室外停车场，林颐看了下表——十点一刻。

她挎着古驰牌单肩包向酒店走去，一路上引来几个路人的目光。

林颐不仅天生丽质，还有着一米七五的修长身材，加之曾经从事过模特工作，她培养了一身优雅的气质，虽然年近三十，仍明艳动人。

来到宾馆大堂，她望着电梯的方向犹豫起来。

“这位女士，您有什么需要帮助的吗？”穿红色制服的服务生走过来亲切地问道。

“不，没事，谢谢。”

林颐匆忙摇头回答，她并没有走向电梯，而是转身走进了大堂的卫生间。

在洗手池上方的化妆镜前，林颐默默地望着镜中人……

几分钟后，她再次发出一声叹息，然后看了看表——十点二十五。

林颐犹豫了一下，似乎终于下定了决心。

她拿出口红补了下妆，检查了包里的物品，对着镜子露出一丝微笑，只是那笑容有些僵硬。

七层，林颐走出电梯，看了一下房间指示牌，走向走廊尽头的713房间。高跟鞋走在厚厚的地毯上，没有发出一点儿声响。

713门口，她在按门铃的一刹似乎停顿了一下，但还是继续按了下去。

“丁零，丁零，丁零。”铃声从门的那一侧隐约传来。

她静静地等待着，等待着那扇门打开，等待着迎接一个噩梦般的未来，但是没有人来开门。

没有人？难道这只是一场梦吗？一切都过去了吗？

她心头一阵窃喜，想转头就走，但是理智告诉她不能走。

于是，她再次按响了门铃。

门还是没有开。

她疑惑地确认了一下房间号——是713——没错；她看了下表——十点半——没错。

门为什么没有开，难道是出什么变故了吗？

她站在门前犹豫着，不知道自己下一步该怎么办。

这时，她发现脚下有一些异样，低下头便看见一股液体从门缝里渗出来。不，不是渗出来，而是涌出来，瞬间便浸染了她脚下的地毯。

浓重的腥味侵入鼻腔，血，是血液！

林颐刹那间被巨大的恐惧笼罩，她踉跄着退后几步，在地毯上留下几个殷红的脚印。

二、聂小倩

午夜。

在那间叫作“邂逅”的酒吧。

灯光非常暗，顾客们模糊的身影在似有若无的音乐中四处飘荡。

陈远坐在最里侧的一个座位上，身体几乎全部隐没在黑暗中，只有淡淡的灯光勾勒出他的面部轮廓。

茶几上放着一扎啤酒，但是自从服务生放在那里之后就没再动过。

他对面的座位是空着的，已经有两个女孩微笑着走过来，想成为它的主人，可在陈远漠然的目光下又都识趣地离开了。

酒吧的门打开了。在此之前，顾客们进进出出，门频繁开合，陈远从来没有注意过。但是，这一次不一样。

一个女孩出现在了门口。

女孩很漂亮，但是在美女如云的酒吧里并不出众，不过陈远还是一下子就注意到了她。因为在陈远眼中，女孩的全身似乎都沐浴在微光中，就好像一颗星星落入了尘间。

更令陈远惊讶的是，女孩竟然径直向他走来，而且旁若无人地坐到了他面前，还一脸深情地凝望着他。

“我们认识吗？”陈远微微皱了下眉，问道。

“你说呢？”女孩反问。

“我们从没见过，我不认识你。”陈远搜索着脑海中认识的所有女孩，然后缓缓地摇着头说道。

女孩不回答，凝望着他。

陈远可以确认从来没有见过这个女孩，但是女孩的目光中分明流露出爱慕与依恋，这让陈远觉得有些莫名其妙。

“你确定没有认错人？”陈远问道。

女孩摇摇头。

“你是聂小倩？”陈远恢复了玩世不恭的态度，用开玩笑的语气问道。

“这个名字似乎也不错。”女孩说道。

两个人开始攀谈起来，至于说了些什么那不重要，重要的是彼此的感情在欢声笑语中迅速升温。

“我们出去走走吧。”陈远说道。

“你不喜欢这里吗？”

“我来这里是为了享受孤独，但现在有了你。”陈远站起来，很自然地拉住了女孩的手。

走出酒吧，他们置身于平遥古城一条长长的街道中。

街道两边的店铺已经打烊，街头彩色的霓虹灯不断闪烁，那些古朴建筑的轮廓在明暗变动的灯光下时隐时现。

街道上行人很少，他们就那样手拉着手缓缓走去，直到天际泛起鱼肚白。

这是陈远和小倩今生第一次见面。

此后的五天里，两个人结伴在山西大地上旅行。

他们在悬空寺上远眺华山，在云冈石窟拜谒古佛，在晋祠的古建筑间流连……

这是陈远生命当中最美好的五天，但是在第六天这一切却戛然而止。

当时他们正在娘子关攀缘一段野长城。

在山野烂漫间，古朴的黑色城墙随着山势蜿蜒着，景色美得让人心醉。他们相互依偎着站在一座烽火台上。

“你看，那多像我们。”小倩指着远处说道。

一段破损的城墙处两朵不知名的野花并蒂而生，花朵一蓝一紫，在风中微微晃动，像一对恋人在窃窃私语。

陈远离开小倩，向野花走去。他告诉小倩，要把它们采下来，制作成永生花，永远见证他们的爱情。这个举动后来让陈远懊悔终生——当他小心翼翼地捧着两朵野花回到烽火台的时候，小倩竟然不见了。如果时光可以倒流，他绝对不去摘那两朵花，只会把小倩紧紧搂在怀中。

他四处寻找，但没有找到；打手机，对方无应答；发微信，没有回应。

他花了一周的时间，找遍了这一片山地和周围所有的村庄，仍旧没有找到小倩，甚至得不到与小倩有关的任何信息。

聂小倩的名字是他开玩笑起的，她没有否认过，所以陈远不知道她的真实姓名，更不知道她的身份证号码和家庭住址，她的手机号码也在一天之后变为了空号。

她似乎从这个世界上彻底消失了。

以后每年夏季，陈远都是在“邂逅”酒吧和娘子关跟前的那片山野度过的。

他时刻幻想着，小倩会像曾经那样披着一身星光忽然出现在他眼前。

一晃便是十年。

三、老人

老人一个人吃完早饭，在厨房里清洁并码放好餐具，然后走进书房，慢慢坐在一张空白的宣纸前。

这个时候，第一缕晨曦从窗外投射进来，照在老人苍白的面孔上。

这一坐，老人便凝视着宣纸没有活动过。

时间一分一秒地在流逝，这期间电话响过两次，他似乎都没有听见。

十一点半，老人站起身去准备午餐，餐后在卧室午睡了片刻。

下午一点钟，老人再次坐到宣纸前一动不动。

时间再次快速流逝，光线逐渐转暗。

下午六点钟，老人忽然轻轻地叹了一口气，站起身向厨房走去，步履有些蹒跚。

吃过晚饭，老人来到客厅打开电视，然后坐到沙发上。他从茶几上拿起手机看了看，并没有回拨，而是顺手放下了。

手机旁边还放着一张诊断单：

患者：吕天明，男，86岁。

临床诊断：非小细胞肺癌；病理诊断：腺癌。

……

只看了十几分钟电视，老人就显得有些焦躁，于是关掉电视站起来。他犹豫着，目光在书房与卧室间逡巡，最终还是向书房走去。

他又坐在宣纸前，陷入静止。

一度，老人曾拿起画笔，但在落笔的那一刻他又停下了。

不知过了多久，老人的呼吸急促起来，他的目光变得有神。他再次拿起了画笔，笔尖在微微抖动。他犹豫着，似乎在捕捉稍纵即逝的灵感，随后他的眸子又黯淡下去，然后颓然地放下画笔。

不知不觉，已至深夜。老人的眼睛开始发涩，眼皮越来越沉重，但是他不想去睡。

那幅画在他心中已经酝酿了五十年，轮廓越来越清晰，随时都有可能从脑海里跃出。很多次，他明明已经抓住它了，可是下一刻，它又在脑海中消散了。现在，老人能够清晰地觉察到它就在眼前，只不过前面还飘着一层薄雾，那雾时浓时淡导致画时隐时现。

老人知道，自己早晚会画出生命中的那幅画，可是留给他的时间不多了，他必须抓紧时间。

老人在坚持着，可是他的身体已无法支撑这份信念。睡意袭来，他缓缓合上双眼。

窗外隐约可见群山的轮廓，白天这里还能够看到更远处的 500 米球面射电望远镜。

星光迷蒙而苍茫，它们从无比遥远的宇宙深处投射而来，落在这个小小的星球上，又透过玻璃落在吕天明苍老的面孔上，然后留在老人的脑海中。

两道依恋与不舍的目光出现在黑暗中，那是老伴儿去世前望向他的最后一眼。

目光暗去，一个中年妇女领着一个少女向他奔跑而来，那是女儿半年前从洛杉矶发来的视频。女儿领着的是他从未谋面的外孙女。

画面转换，他在参加一个葬礼，躺在棺椁中的是他最要好的朋友柳林……

画面不断变换着，而且速度越来越快，从现在到七十岁、六十岁、五十岁……他就像一个旁观者，在回望自己的一生……他取得了举世瞩目的天文学成就……女儿结婚了……女儿考上大学了……女儿降生了……他和相互爱慕的秀文结婚了……

很快老人看到了小学时候的自己，不禁暗自感叹：生命原来如此短暂，自己的一生不过是沧海一粟。

画面停顿了一下，老人以为自己的回忆结束了，可是他接下来看到了一个抱着婴儿的少妇。直觉告诉他，那个婴儿就是他自己，而那个女人正是在自己两岁时就过世的母亲。

这不可能！吕天明愕然，但又犹豫起来——难道在脑海深处还有自己所不知道的记忆？

画面并没有静止，仍在不停变换着，渐渐幻化为一道光影在他眼前闪过。一位老人出现了，身上穿着旧时代的衣服……一个年轻人端着步枪在冰雪中冲锋……长胡子的老人在墙壁上奋笔疾书……男孩赶着羊群行走在山脊上……

光影越来越密集，逐渐变换成一条繁星灿烂的星河。

吕天明明白了，他看到的不是自己的一生，而是在回顾整个人类的历史。奇怪的是这些画面他从来没有看到过，可是又觉得是自己的亲身经历。难道这是祖辈们刻在他灵魂深处的记忆吗？

他的眼睛突然亮了起来，因为那些光影在他眼前汇聚为一幅绝美的画卷。是的，这就是几十年来魂牵梦绕的那幅画，它终于从他的意识中浮现出来了。

老人猛地站起身，拿起画笔在宣纸前忙碌起来。

宣纸上先是出现了几个简单的线条，然后逐渐复杂起来。时间一分一秒地过去了，老人脑海中的那幅画在宣纸上渐渐显露出来。

不知道忙碌了多久，落下最后一笔的时候，老人的最后一点精力也耗尽。他扔下画笔，一下子瘫倒在地板上。

不知过了多久，老人悠悠醒来。

天早已大亮，阳光是那么刺眼。

老人爬起身来，第一件事就是去欣赏那幅他酝酿了半生的画作。

他的目光落在宣纸上，然而他只看到了一片白色。宣纸上还是一片空白，一个笔画也没有。

四、血案

对人类思维与记忆的研究在十年前一度成了热门，因为那时人类历史上第一台记忆追溯记录仪诞生了。

这个机器可以让人进入深度睡眠，然后引导睡眠者回到以时间为单位的某一个记忆点，并从这个记忆点开始，记录睡眠者睡后四十分钟的记忆。当然它还有一些缺点，比如它所记录的记忆只是以脑电波的图形显示出来，并不能还原睡眠者的记忆画面，并且最多只能记录四十分钟。因为一旦超过这个时间，睡眠者的大脑就会出现不可逆转的损伤，要么变成植物人、要么变成傻子。

瑕不掩瑜，任何伟大的发明在最初的时候都存在许多缺点。科学界一致认为，人类大脑研究的难题已经被撬开了一道缝隙。一时间，海量的资金、众多的顶尖科研人员投入到这项研究之中。

十年过去，借由大脑研究产生的成果使人类文明进入新时代的希望破灭了，所有的研究均在原地踏步。事实证明，对于人类大脑思维与意识研究的难度超乎想象，以人类现阶段的科技水平还无法支撑。

中科院怀柔分院，曾经的名称是中科院人类记忆图谱研究所，现在它的牌子却挂到了十号科研楼地下二层走廊尽头——一个与厕所紧挨着的房间门外。

鼎盛时期，研究所有 800 人的编制，研究人员多达 273 人，如今只剩下苏丁丁一个人和一间小小的研究室。

各种高端科研设备早被移作他用，273 名研究人员中有 31 人躺在医院里成了植物人，56 人神经错乱，62 人用各种方式自杀了，其他人作鸟兽散，现在研究所暗地里被人叫作“自杀研究所”。

此刻，苏丁丁正在电脑屏幕前和公安部物证鉴定中心的李利进行视频通话。

“嫌疑人叫林颐。”李利拿出一张照片在屏幕前展示。照片中的林颐穿着囚服举着标示牌，表情木然脸色苍白，但仍掩不住秀丽。

“哦，是个美女。”苏丁丁吹了声口哨，一副兴奋的样子。

李利没有理会苏丁丁的轻佻，继续说：“嫌疑人是一名家庭主妇，老公叫王之源，是一家医疗设备公司的销售经理，常年出差在外。他们有一个男孩，四岁，叫王文，小名豆豆……”

“好了，好了，我可不是刑侦人员。”苏丁丁打断了李利的话，“咱们还是长话短说吧。”

“你小子可拿着我们的科研经费呢。”李利瞪了苏丁丁一眼，“从这个角度来说，这就是你的工作，反正你也没别的事可干。”

“什么科研经费，不就是每个月一万块钱吗，够干什么啊？”苏丁丁不以为然地反驳道，“况且，谁说我没事干？好几个课题等着我呢，都快要累死我了。”

“对一个老刑侦人员撒谎是你的不智。”李利揶揄地阴笑着，“这次通话是这个月以来你那里第一次对外联系吧？院里对你的支持就剩2500块的最低工资了吧？如果不是鉴定中心与你合作，你这个一人研究所的编制恐怕就要被取消了吧？”

苏丁丁举起双手，做了个投降的姿势，说：“好吧，好吧，我亲爱的李警官，咱们还是言归正传吧。快说说这位美女到底出什么事了？”

李利有些意犹未尽，但想想这小子确实比较悲催，话题便回到了案情上：“这个女人陷入了一场借贷骗局。一年前，林颐认识了自称某物流公司老板的骗子A，在博取了她的信任之后，骗子A以经营缺乏流动资金为由向其借钱。开始的时候数额不大，并且不久后就按时归还，还支付3%的月息。如此反复几次，林颐开始对骗子A的信誉深信不疑。后来骗子A说要拓展海外业务，要一次性借款三千万，利息上升到5%。借款金额远远超出了林颐家的储蓄，可是丰厚的利息又让她心动不已。”

“等等，”苏丁丁又一次打断了李利的话：“你说这个女人是个家庭主妇，她老公收入很低吗？”

“不，她老公的收入至少是我的十倍，他们家里很富裕。所以，林颐可以不用上班，悠闲地当她的家庭主妇。”

“是啊，这个女人不缺钱，还那么财迷心窍，活该被骗。”

“也不能这么说，”李利沉吟道，“她老公为了挣钱常年出差在外，一年到头见不了几面，她是想赚到足够的钱，好让他不再出差，一家人过正常的日子。这话是在预审的时候林颐亲口说的，当时这个女人哭得痛不欲生。”

他的表情有些凝重，过了一会儿，轻轻叹了一声：“你嫂子不是也经常埋怨我总是不着家吗？女人啊，就是希望有个团圆的家，平平静静过日子。”

作为单身男的苏丁丁不知道该怎么接话，唯有沉默。

“好了，接着说案情。”李利挥了挥手，接着说道：“骗局进入第二阶段，骗子 B 以富二代的身份出现了。他告诉林颐，他爸爸给了他五千万，让他自己学着做生意，只要两年挣够 10% 的利润，就让他接手家族企业。可是，他只想玩，没心思做生意，如果林颐能够帮他去投资，他可以只收 1% 的月息。

“于是，林颐动心了，接下来履行一系列手续后，她与骗子 B 签订了三千万的借款合同，月息 1%。她还抵押了自己的两套房子，然后又把钱借给骗子 A。林颐说，回想起来像做梦一样就把这些合同给签了。

“两个月后，噩梦真的降临了，骗子 A 消失了！林颐发疯似的找了他十几天，对方的手机号注销了，身份证也是假的，有关骗子 A 的一切都是假的。那三千万借款在交了一个月利息之后也随之消失。然后，骗子 B 登门要账，她不敢跟老公说，去报了一次案，可是没有骗子 A 的任何有效信息，警察也帮不上忙。

“一年以后，她瞒着老公，把两套房子都过户给了骗子 B，可是还有两千万欠款没有着落。她回忆说，那些日子自己都快要被逼疯了，经常想自杀的事情。

“后来有一天，她在送孩子上幼儿园回来的路上偶然看见了骗子 A，她尾随着对方来到了一家茶楼，发现骗子 B 正在那里等着他。

“林颐这才明白这两个人是一伙的，她陷入了一个骗局中。她马上报了警，警察也顺利地抓住了这两个骗子。然而，没有证据表明骗子 A 欠林颐钱，因为合同上的签字和身份证复印件都指向一个不存在的人。

“更麻烦的是，所有证据，合同、签字、抵押协议都证明林颐还欠骗子 B 两千万元。

“虽然她戳破了骗局，但是她发现，一切都没有改变，两个骗子被无罪释放，她还是要偿还那笔根本就还不起的债务。

“两个骗子反而变得肆无忌惮起来，时时刻刻纠缠，一会儿声称要到她老公的公司去闹，一会儿威胁要收拾她儿子。

“无奈之下，她把所有的存款都给了骗子，可是骗子仍然不依不饶。那段日子她已经到了崩溃的边缘。

“后来，骗子提出来，只要她陪他们两个玩玩，就可以宽限一年，地点在顺峰宾馆713房间。”

“看来这两个骗子要倒霉了，这个时候的林颐估计已经对他们恨之入骨，可是她一个弱女子能把两个大男人怎么样呢？”苏丁丁有些好奇。

李利顿了顿，继续说道：“我们是一点十分左右接的警，一点四十赶到顺峰宾馆，上到七楼的时候，就闻到了刺鼻的血腥味儿。林颐就站在电梯旁边，由两个派出所民警陪着，浑身瑟瑟发抖，手里还紧紧攥着手机。后来，我们才得知是她报的警。服务员打开713的房门，我们一下子被里面的景象惊呆了。”

说到这里，李利停下来，点燃了一根香烟。他的眼神有些空洞，似乎在回忆当时的情景。苏丁丁保持着沉默，等着他说下去。

过了一阵，李利捻灭了烟头，深吸了一口气，说道：“说实话，从警这么多年，我还没有见过这么血腥的场面。房间的地毯上几乎被血染红了，墙壁上，甚至连天花板上，都是喷射状血迹。两个骗子一张单人床上躺了一个，不，这么说是不对的，应该是每个骗子都被肢解成了十七八块，然后在床上被拼成了人的形状。尸块上的血迹很少，估计在肢解之前，血就流干了，那场面……让人感觉是进了屠宰场。

后来尸检记录显示，除了肢解的刀口，每个人身上的刀伤就达百余处，然后还有六十余处被烟头烫过的痕迹。看来骗子在临死之前经受了残酷的折磨。”

苏丁丁听得后背有些发凉，连忙吹了声口哨，故作轻松地说道：“大场面啊，这得多大仇、多大怨！谁干的，林颐吗？”

李利看了看苏丁丁，目光有些犹豫：“我们在现场找到了凶器，一把手术刀和一把剔骨刀，还在上面提取到了林颐的指纹，并且在房间内也发现了大量她的指纹。更诡异的是，我们在她的指甲里也提取到了血液，经过检验，血迹是死者的。”

“可是一个女子怎么能够杀死两个强壮的男人呢？”苏丁丁疑惑地问。

“这也是我们不解的地方。不过……你明白的，因为做饭的原因，绝大部分女人比男人更会玩刀。”

苏丁丁点点头，说：“证据确凿，看来没有我的用武之地了。”

“可是林颐不承认。”李利盯着苏丁丁，一字一顿地说道，“经过多次提审，她的口供几乎一致，她只承认按照约定在十点半来到 713 房间门口，看到里面涌出了大量血迹，然后就报了警。”

“那她怎么解释自己指甲里的血迹？”

“无法解释，她也吓坏了，哭个不停。”

“她在撒谎。”苏丁丁断定，“你说过，是她报的警。她十点半来到 713 房间门外，看到血迹后报警。可是，你们接警的时间却在一点十分，中间相隔两小时四十分钟。这段时间她做什么去了，难道不是正在行凶？”

“你能分析出来，难道我们会发现不了疑点？”李利摊开双手，有些无奈地说，“我搞了二十年的刑侦，什么样的罪犯没见过？林颐只是个涉世不深的家庭主妇，否则也不会被骗了。提审了她那么多次，相信我，如果她说谎，哪怕是几个词汇，我都能听出来的。可是，她的表情、眼神、语气都告诉我，她没有撒谎。”

“你是说，所有的证据都证明林颐是凶手，而你的直觉却给出了相反的意见？”

“是的。”

“你们搞刑侦，最重视的应该就是证据吧，零口供定罪应该是常事儿。”

“不出意外的话，两个月后林颐应该会被判处死刑，虽然她也是受害者，但是她的手段过于残忍了。”

“所以，老哥您到我这里来寻求安慰？什么直觉？分明是同情心泛滥。”

“事实上，是林颐申请了大脑记忆复核。”

“是在李利警官的提示之下吧。”

“这可是我们鉴定中心和你这个人类记忆图谱研究所的正规合作，我们花着钱呢。”

“你应该知道，即使我这里作出的结论是无罪，也不会对判决产生什么影响。”

“那是，你的结论我们只作为参考，这是鉴定中心的规定，我就是图个心安呗，反正你也没什么事做。”

“我去。”

五、刘小雨

结束了和李利的视频通话，苏丁丁打开下载软件，开始接收李利发送过来的记忆图谱数据包。

物证鉴定中心有一个专门的记忆追溯工作室。李利在此之前已经对林颐进行了记忆追溯记录，不过更进一步的鉴定工作，则必须在研究所进行。

盯着进度条看了半天，完成度才达到 2%。记忆追溯记录虽然只有四十分钟，但数据包的容量至少在 10T 以上。李利一口气发来五个数据包，看来他对林颐进行了五次催眠记录，等计算机把这些数据下载完，估计得到晚上了。

“一定是什么东西触动了这位老警察，还从没见他为哪件事这么上心过。难道真的是因为直觉？”苏丁丁暗自嘀咕着，不觉想起林颐这个不曾谋面的女子，不禁为她的悲惨处境感到惋惜，可是再想起李利所描述的 713 房间的血腥场面，又有些不寒而栗。

他环顾四周，整个研究所就剩下这两百平方米左右的房间了。面前是一个工作台，上面放着一台宽屏幕电脑，他的大部分工作和娱乐时间都是在这个工作台前度过的。

工作台的右侧，是一个用白布围起来的区域，有三十平方米，里面有一张单人床和一台冰箱，那是他的起居室。

工作台的左侧区域大概有一百多平方米，占据了房间的大部分地方，但是被各种机器塞得满满的。里面有两台高度达到天花板的大型服务器机柜，研究所这些年来的研究成果都存储在里面；一台台球桌大小的高速中型计算机，对于记忆分析的庞大运算量来说，这已经是最低标准了；还有一台记忆追溯记录仪和催眠床、药剂柜等配套设施，曾经有一百多个同事就是在那张催眠床上变成植物人或者精神病的。前几年，每过一两个星期，就会有人被救护车抬走，那种场面颇为壮观，“自杀研究所”的“美名”也是从那时候起开始广为流传的。

此刻，偌大的房间里，除了服务器运行时发出低沉的嗡嗡声外，一片死寂。他想起来了，水泵房和配电室都是无人值守的，物业的杂货库房也很少有人来，整个地下二层大概只有他一个人，再想着李利描述的 713 房间的血腥场面，他感到一股阴森森的气息正从门缝里漫延过来，不禁毛骨悚然起来。

他忽然意识到，他这是自己在吓唬自己，连忙强制自己不再胡思乱想。他随手拿起桌上的杯子，一口气把已经凉了的咖啡喝完。

他看看表，刚刚上午 10:30，还早着呢，一天的时间才算刚开始。

10:30 ? !

他的心一颤，然后抬手给了自己一巴掌，嘟囔道:“多少风浪都经过了，还怕这点小事?”

他打开一款自己最近正在玩的游戏。

游戏的名字叫作《无限世界》，玩家可以在从古代到未来不同的世界里扮演各种不同的角色，体验不同的人生。现在他正在一个类似工业革命前夕的世界里，扮演福尔摩斯一类的神探角色，侦破着一个个离奇的案件……

他百无聊赖地玩了一阵，看看表，发现才过去一个小时。

这时，手机传来微信的提示音，是小雨发来的:“到城铁站来接我，我半个小时后到。”

看完信息，苏丁丁心里一阵莫名的兴奋。作为孤儿，研究所几乎是他的家，他曾经在这里感受到了导师的厚爱、同事们的关怀。但是，自从导师在五年前成了植物人，同事们或者纷纷离去，或者也变成了植物人，所里的领导也调职离去，研究所名存实亡，他又被打回了孤儿状态。除了偶尔和李利的业务联系外，就是每天匆匆一见的送餐员，他已经被社会遗忘在这个阴暗的地下室了。小雨的存在，无疑是他灰色人生中的一抹亮光。

他转动轮椅，来到自己的生活区域，从简易塑料衣柜里找了身干净衣服换上，又拿出那副仿真义足，在自己的小腿上安装结实，然后他从轮椅上站起来，向门外走去。

苏丁丁的座驾是一辆北京 212 吉普，车龄超过二十年，买的时候花了一万块。

城铁站的停车场已经停满了车，苏丁丁开着车子在里面转了两圈，也没有找到停车位。时间已经到了 12:10，他只得把车停在路边，靠近公共汽车站的位置。

他下了车，快步向城铁出站口走去。现在义足仿真度很高，他走路的姿势看起来和正常人没有什么不同。

城铁站出口的外面是一道宽而长的台阶，一趟城际列车刚刚到站，台阶上一时间人头攒动。

苏丁丁一眼就在人群中找到了小雨。她穿着一件红色的针织毛衣，下身是红黑色折叠条纹的套裙，在人群中显得亭亭玉立。秋天的阳光失去了热度，但却更加清澈明亮，从天空投射下来，似乎为她蒙上了一层淡淡的光晕。

几乎是在同一时间，小雨也看到了苏丁丁。她平静的脸庞上立刻露出欢快的笑容，接着她像一阵风一般跑到苏丁丁身旁。

苏丁丁在清冽的空气中闻到了淡淡的香水味，那是青春的气息。

“你迟到了。”小雨笑着说道。

“你不是也刚到嘛。”

“我不管，就是你迟到了，你要请我吃好吃的。”

“好吧，我迟到了。”苏丁丁投降，问道：“想吃什么？”

“听说雁栖湖边的烤虹鳟鱼不错，上次来就没有吃到。”

“好，就吃烤虹鳟鱼。”

小雨自然地挽起苏丁丁的手臂，两个人转身向站外走去。两边不时有人暗中侧目，羡慕地望着这一对情侣。

“今天可是周一，怎么不去上班？”

“老纪安排我去做一个采访，可是采访对象出差了，所以下午的时间就空出来了，我正好过来看看你，瞧我多关心你。”

“我应该很感动，对吗？”

“所以吃饭之后，你要带我去雁栖湖划船，还要去红螺寺爬山，还要……”

“貌似这是我在陪你开心吧？”

“难道你在地下二层里窝着很开心吗？是我在陪你好不好？”女孩噘着嘴说道。

“好吧，是你陪我。”苏丁丁再次投降，心里琢磨着，这姑娘的口气怎么和李大警官如出一辙？

两个人你言我语地走到路边，苏丁丁愕然地发现自己的车正在被牵引上一辆警用拖车。

“警察同志，警察同志，手下留情。”苏丁丁连忙拉住正在旁边指挥的警察说。

“你知道这是什么地方吗？”警察问道。

“知道，知道，这是公共汽车站。”

“你这辆车是公共汽车吗？”

“哦，不是，是我错了，我不该在这里停车。”

“知道就好，违章占道停车，罚款一百，拖车费五百，一会儿去交通支队交罚款，然后去停车场取车吧。”

“罚款我交，车就别拖了吧。”

“那不行，这是规定。”

“罚款和拖车费我都交，车就别拖了吧。”

“拖车费都交了，我们当然要为你提供拖车服务，要不然不就成了敲诈啦？”

拖车拉着苏丁丁的那辆破 212 扬长而去。

苏丁丁无奈地看着小雨，说道：“看来我们只能坐出租车去吃饭了。”

小雨踢了苏丁丁一脚：“还吃什么呀，车子停在警用停车场是要收费的。”

二十分钟之后，两个人来到交警支队，这才发现人家已经下班了，13:30 才上班呢。

差不多还有一个小时，烤虹鳟鱼是别想了，两个人在附近找了一家肯德基店。

苏丁丁点了鸡腿汉堡、炸鸡翅、薯条、可乐。

“丁丁啊，这是第二次没吃到烤虹鳟鱼了，你打算怎么补偿我啊？”小雨边吃边问。

看她吃得眉开眼笑的样子，情绪一点也没受罚款的影响。

“虹鳟鱼也没那么好吃吧！你想想看，一条活蹦乱跳的大活鱼被人用渔网从鱼池里捞出来，先是忍受着缺氧窒息的折磨，然后惨死于一柄铁榔头之下，就是因为我们选中了它，用来满足我们的口腹之欲？”

小雨默默地看着苏丁丁，一脸委屈，说道：“好吧，你成功恶心到了我，大概今年一年我都不想吃鱼了。”

苏丁丁有些后悔，正想着怎么哄她开心，没想到小雨托着腮想了一下，眼睛一亮，又露出了笑容：“大众点评说红螺寺的素斋也是一绝，豆制品做的红烧肉色香味俱佳。我可以晚一点回去，看过红叶之后，我们就在那里吃晚饭吧。”

苏丁丁一时无语，看着餐盘中的食物被小雨这个弱小的女孩一扫而空，感觉女孩子对美食的追求，不是他这个小男生所能够理解的。

看时间还早，两个人一边用吸管喝着可乐，一边闲聊着小时候的事情。

女孩不时发出银铃般的笑声，男孩看着明眸善睐的女孩，不禁想着从前一起玩耍的瘦弱小女孩怎么忽然间就变成了亭亭玉立的大美女。

这一聊起来，时间就过得飞快，等两个人回过神的时候，已经是下午两点了。

等他们返回交警队之后，发现办事大厅里竟然排起了长队。一问才知道，这两天交通秩序大整顿，严查违章停车，被处罚者无数。

等到交过罚款，领到取车凭证，已经是三点半了。

叫了辆出租车，赶往警用停车场，结果司机路不熟，又耽误了半个小时。

来到停车场之后，履行过登记手续，停车场管理员竟然怎么也找不到车子的钥匙了。

等管理员不知从哪个角落里发现了钥匙，太阳几乎要落山了，只在天边留下一抹彩霞。

他们终于坐进车里，急忙驶出了停车场。

苏丁丁握着方向盘，却不知道该把车开向哪里。

小雨蜷缩在副驾驶座椅上，像一只乖巧的小猫。她的眉头微微皱着，似乎在想着什么心事，看上去情绪有些低落。

“抱歉，今天恐怕不能划船、不能爬山了，也吃不到素斋了。”苏丁丁苦笑着说道。

“送我去城铁站吧，回去晚了，爸妈要担心的。”小雨把目光投向苏丁丁，沉默了一会儿，忽然露出了笑容。她抓住苏丁丁的手，似乎很是眷恋地说道：“其实有你在身边，吃什么、玩什么，我都开心。”

苏丁丁心里一阵感动，却不知该如何回答。

两个人又沉默下来。

小雨似乎有什么心事，几次张张嘴都没有说出来，最终只是化作一声轻轻的叹息。

夜幕已然降临，马路上的车子纷纷亮起了尾灯，红色的灯光明明灭灭，显得有些凄迷……

“丁丁，我要结婚了。”

小雨的声音非常小，苏丁丁根本没听清，他一边开车，一边问：“你说什么？”

“还记得柳若然吗？”

这回苏丁丁算是听清楚了，脑海里一个阳光帅气的大男孩的形象跳出来：“记得，就是半年前你带来的那个男孩？很优秀！”

“我们准备结婚了，日子定在下个月的十八号。”

苏丁丁的脑子刹那间变得一团混乱，险些与前面的车追尾，他有些手忙脚乱地踩下刹车，又意识到这个时候他必须得说点什么：“哦，那——那——那恭喜你啦，我们的小姑娘终于找到心上人啦。嗯，那个小伙子很不错，高大英俊，高学历，有份好工作，家庭条件也好……”

“爸妈很喜欢他，同事们也都喜欢他，连你也说他好。”小雨的声音里没有喜悦，反而有一丝幽怨。

车厢里恢复了沉默，一股略带压抑的气息在两个人之间逐渐弥漫开来。

车子在星星点点的灯海中穿行，转过一个弯，到了城铁站。

正好赶上下班高峰，停车场里更是车满为患，苏丁丁看着不远处闪着警灯的警车，只得把车停在车站对面，不好意思地说道:“没办法，恐怕不能送你上车了。”

“没关系，我就在这里下车吧。”小雨说道。

她打开车门，但是没有立马下车，犹豫了一下，然后转过身，突然紧紧地抱住了苏丁丁。

苏丁丁很自然地把小雨拥在怀中，这是他二十六岁的生命中唯一拥抱过的女孩，上一次拥抱应该是在小雨十五岁之前。

这个拥抱不知道持续了多久，可能很短暂，也可能很久，直到周围响起了一片汽车的鸣笛声。

苏丁丁轻轻拍了拍小雨的后背，问道:“要我去参加婚礼吗？”

小雨的身体微微抖了一下，低声回答:“爸妈没有说。”

苏丁丁似乎明白了什么，不再说话。

小雨慢慢离开了苏丁丁的怀抱。

“我走了。”

“好吧，注意安全。”

小雨下了车，关上车门，径直向城铁站走去，脚步越走越快，直到消失在人群中。她始终没有回头。

六、真相

自己是如何穿过繁华的街道，如何回到漆黑一团的研究所，苏丁丁根本不知道。此刻的他和衣躺在那张单人床上，眼睛睁得大大的，一动不动地望着天花板，大脑里一片空白……

小雨要结婚了。

这一天早晚会来，他以为自己早就做好了心理准备，可是当这一天真的来临的时候，他并没有伤心，也没有绝望，只是觉得生命中有一些东西一下子被抽离了。

苏丁丁是个弃婴。儿童福利院的阿姨在大门口发现他的时候，他还不满三个月。他的双腿从膝盖以下缺失了，经过大夫分析，这大概源于一次失败的分娩：为了保住母亲，孩子的双腿被剪断了。

丁丁的名字是因为残疾让他显得比正常孩子小得多，苏姓则是随了保育阿姨的姓氏，而这个保育阿姨就是刘小雨的母亲。

苏丁丁在儿童福利院度过了童年。七岁那年，他拥有了第一副义足，虽然走起路来一瘸一拐，但却可以和正常孩子一样上学了。

在同一年，福利院里开展了一场“给孩子一个家”的活动，院里的员工可以自愿认领一个孩子，于是苏阿姨就成了丁丁的义母，小雨就成了小他两岁的妹妹。每个周末，他都可以在苏阿姨的家里生活两天。

几年里，苏丁丁感受到了家庭的温暖。苏阿姨夫妇对他像亲儿子一样，小雨也多了一个关心爱护她，又可以陪她一起玩耍的哥哥。苏丁丁觉得自己已经完全融入这个家了，如果不是那件事发生的话。

那一年，丁丁读高二，小雨正在上初三。他在小雨的房间里给她讲解数学题。在解开一道难度很高的习题之后，小雨很是高兴，侧身抱了抱丁丁，而这一幕恰好被端着饮料进来的苏阿姨看到了。

从那以后，苏阿姨就开始尽量避免两个孩子独处。虽然大家看起来还是那么和睦，苏丁丁却隐约感觉到了这个家庭对自己的防范与隔阂，于是他也渐渐减少了回家的次数。后来，他考上了大学，回去的次数就更少了。再后来，他被导师看中，参加了研究所的工作，于是研究所就成了他的新家。除了逢年过节的探望，他也渐渐淡出了原来的那个家。

不知道过了多久……

他突然从床上坐起身。不能再这样下去了！他和小雨是两条平行线，虽然看起来很近很近，并且一度让自己产生希望与错觉，但是他们永远也不会相交。这是命运，自己只有选择旁观与遗忘，至少自己应该找些什么事做来假装忘记。

他拆下义足，坐上轮椅，来到工作台前，打开电脑屏幕，继续那个《无限世界》的游戏。

曾经觉得有趣的游戏此时却变得索然无味，他强迫自己沉浸其中，但却事与愿违，心里面反而越来越烦躁。

一声提示音响起，是李利发来的记忆图谱数据下载完毕了。

他犹豫了一下，既然游戏不能分散自己的注意力，就试试工作吧。

退出游戏，打开记忆图谱专用软件，一行黑体字显现出来："记忆图谱分析系统 2.0"，下面还有一行漂亮的手写楷体："勘破自我，便认知了世界"，这是导师留下的笔迹。系统开发之初，所有人都认为已经打开了人类自我认知的大门。如今这扇门依然尘封着，冲向它的人们却已纷纷倒下了。

进度条是一个模拟人类大脑的图案。当蓝色涂满迷宫一般的大脑沟回之后，系统导入完毕。界面转换，一个虚拟 AI 出现在屏幕上。那是大师兄蔡杨的形象，研究团队中最英俊的男性。

"请载入研究样本。"大师兄说道。

苏丁丁把第一个数据包载入系统，上面记录着林颐从 10:20—11:00 的记忆图谱。

“开始进行初始分类。”大师兄边说边扶了扶鼻梁上的眼镜。

右侧的高速计算机发出明显的嗡嗡声，开始进行高速运算。

“大师兄，你想我吗？”苏丁丁问道。

“天天见面还需要想吗？不过……”大师兄沉吟道，“如果你是依楠的话，一分钟不见，我也会想的。”

“重色轻友。”

“这是所有男性的共有天性，当然女性更甚。”大师兄认真地说道。

“难道我不是男性吗？”

“如果你的心里有一个天平，一边放我，或者再加上导师，一边是小雨，哪一边更沉？”大师兄用嘲弄的眼神望着他。

苏丁丁暗自叹息了一声，自己本想在大师兄这里找到一丝慰藉，没想到竟然引到小雨那里去了，愈加烦恼。

“话说回来，我倒是有些想念其他人了，比如导师和真实世界中的我。为什么见不到其他人？他们去开发新的系统了吗？又有重大突破吗？我和你都被发配到这个角落里了吗？有更新版本的我替代了我吗？我们被遗忘了吗？”

苏丁丁有些头大，心想现实中的大师兄不是话痨啊？又一想大师兄现在正和导师一起昏迷在医院里，不禁有些伤感。

“我们还是工作吧。”他有些黯然地挥挥手，说道。

“哦，好吧，工作才是我存在的意义。”大师兄恢复了平静，“初始分类完毕，情绪占比 70%，行为占比 30%，环境占比 10%……”

“检索情绪板块，判断记忆载体身份。”苏丁丁说道。

“综合思维活跃度、行为模型比较，载体年龄为 22 ～ 30 岁，女性可能性为 82%，男性可能性为 18%。”

苏丁丁将林颐的真实信息载入系统，道：“通过对记忆者真实身份进行修正，重建载体模型，之后以时间为基点进行系统分析。”

高速计算机再次发出了嗡鸣声。

“时间有点儿长，不想聊些什么吗？”大师兄问道。

苏丁丁摆摆手，进入记忆追溯之前，他需要调整一下思绪。

凌乱的数据如同宇宙初开一般，一层一层扩散开来，形成满天星斗似的记忆斑点，而后持续演化，逐渐分类聚集……

这是一个漫长的过程，记忆数据变成了一片片云朵。云朵有的分散、有的聚集，形状各不相同。它们的颜色一模一样，都是灰黑色的，就像暴雨前夕的天空。这显示记忆载体始终被负面情绪影响着。

计算机仍然在高速运转。

这些云朵慢慢聚拢，渐渐涂满了整个屏幕。接着，一道道闪电在云层中隐现，而后越来越粗大，越来越密集。记忆云朵不断被思维闪电轰击、撕裂着……

到了最后云朵与闪电同时消散，化为漫天雨点似的数据流在屏幕上流淌，并且如百川汇海一般归纳为一连串的湖泊群。

这个过程持续了一个多小时。沉默已久的大师兄终于开口了：“时间节点 10:20—10:28，载体运动指数 32，语言指数为 0，环境变化指数 40，判研载体处于正常低频度运动中，步行的可能性为 85%；载体的思维指数为 75，情绪为极度负面。以上数据显示载体处于活跃的思考之中，且陷入困境的可能性高达 90%。”

大师兄停顿了一下，看了看苏丁丁。

“继续。”苏丁丁说道，看来这几分钟，林颐正在走向 713 房间，没有什么需要求证的，关键的信息在后面几分钟。

“10:29—11:00 整，载体运动指数下降至 22，语言指数上升为 32，环境变化指数为 10，判研载体处于类似室内静坐及轻微偶尔走动状态；载体思维指数为 40，但是有自我压抑迹象，而且在 10:52 出现三个连续思维峰值，指数高达 95，两秒后又迅速回落为 40。”

虽然林颐杀人事件的真相尚不清晰，不过有一点苏丁丁可以确定，林颐撒谎了。如果按照林颐的供述，她是在 10:30 到达 713 房间门口后，看到大量血迹，之后报警。那么，她的思维指数就应该在 10:30 达到峰值，并且由于惊吓而始终处于峰值状态，直到酒店服务人员赶来才有可能回落。但真实情况却是，峰值直到 10:52 才出现。运动及语言指数更说明林颐曾进了 713 房间，并和受害人进行过交谈。而 10:52 的峰值，更大的可能性是林颐欲对受害者施加报复的思想斗争或实际行动。

苏丁丁沉默了几分钟，决定还是不妄加揣测，以免对整体记忆追溯产生先入为主的人为干扰。

他将剩下的四个数据包逐次载入系统。由于记忆图谱的时间连续性，他决定不再逐个分析，而是等待所有数据包全部解析完毕之后再进行整体研判。

接下来就是漫长的等待。本来可以先睡一觉，但是烦恼让他一点睡意都没有。计算机的运行声音宛若牛吼，他索性接着玩游戏消磨时间。

当所有数据处理完毕之后，已经是第二天上午九点了。苏丁丁估计这一夜的耗电量是一路飙升，自己恐怕又要挨管理处王大妈的白眼和唠叨了。在对方的眼中，自己就是打着科学名义的骗子，在白白耗费国家的资源。

大师兄开始对数据进行解读："由于四个数据包统一度较高，我在这里就不逐一描述了。"他轻轻咳嗽一声，"下面进行系统表述，时间节点 11:00—13:40；载体行为指数 11:00—11:08 为 18，11:08—11:34 为 88 ～ 98，11:34—11:52 为 18…… 以此判断，载体在 11:00—13:06 之间处于大运动量状态，其间每运动 30 分钟左右进行 20 分钟的休息。需要指出的是，通过对记忆载体的真实信息进行比较，载体的运动量大幅超过正常肌体极限，我不得不对所供数据产生怀疑。"

"语言指数和环境指数呢？"苏丁丁并没有回答大师兄的疑问，而是直接问道。

"系统记录到 11:06—11:09 等三个节点产生过小幅波动，判断为载体的自言自语，其他时间的指数接近 0；环境指数维持在 10 以内，判断载体基本处于单一小环境之内。”

苏丁丁停顿了一下，接着问：“思维指数呢？”

“11:00—13:06，思维指数为 20，且波动很小，接近直线，显示载体非常平静。”

苏丁丁陷入了沉默。

行为指数高企，显示林颐当时正在对受害者进行残忍的虐杀。但这个时候的林颐对受害者的恨意应该达到了高点，甚至陷入歇斯底里的状态，才会导致运动量超过极限。那么，她的思维指数也应该升至高值，或者大幅震荡；然而系统分析得出的结论却正好相反。

“启动数据库，载入行为图谱，与分析样本进行比对。”

此时房间里的情形像某种蛰伏的生物被唤醒了，服务器与计算机开始同时嗡鸣；电脑屏幕上弹开一个分屏，各种人类行为模式、时间、情景逐一闪现……

“根据对比分析，载体行为相似度为：自由搏击（生死）72%，大运动量健身 9%，分娩 7%，做……”大师兄的立体形象现在退居到了屏幕右下角。

自由搏击，还是生死搏斗？这和实际情况相去甚远，他继续问道：“谋杀呢？”

“哦，0.3%，杀一个人需要这么大的运动量，这么长时间吗？”

“虐杀呢？”苏丁丁说道，“比如说肢解，受害人数为多人。”

“这个……数据库中没有类似行为，不过可以模拟一下，”大师兄说道，“哦，相似度为 76%。”

苏丁丁点点头，脑海里闪现出林颐挥舞刀具，鲜血四处飞溅的画面。可是，嫌疑人的思维指数为什么会这么低呢？

他望着电脑屏幕上林颐的记忆图谱，看上去那只是一团团貌似杂乱无章的数据流和迷宫一般的分析曲线，此刻他觉得真相就隐藏其中，却难以触及。

突然，一个念头跳出来！他沿着这个念头继续思考下去，一个个矛盾和问题逐渐解开。最后，他终于确认，自己的想法大概是正确的。

介入到林颐杀人案以来，自己一直认为对方是个柔弱的被逼入绝境的家庭妇女。这种同情心潜移默化地影响了自己的判断，同样也影响了李利这个老刑警。可是！——可是，假如林颐是一个老谋深算的冷血杀手呢？那么就可以解释林颐如何能冷静地虐杀两个强壮的男子，如何在杀人之后从容报警，又如何伪装成无辜者骗过了李利那双锐利的眼睛。

每个人都是有血性的，也许林颐是个贤惠的妻子，是个慈祥的母亲。正常的情况下，她的一生都会在幸福中度过。但是，在经历了刻骨铭心的欺骗和威胁之后，极度的仇恨使原本隐藏在其基因深处的冷漠与残忍得到最大限度的释放，让她在转瞬之间变成了嗜血的杀人恶魔。

七、苏丁丁

将林颐的记忆图谱分析报告整理完毕，林颐是杀人凶手的可能性高达 83%。从分析报告来看，这几乎无可置疑了。

苏丁丁在报告上盖了研究所的电子印章，想了想，决定暂时不向公安部鉴定中心发送，就让林颐和李利再抱几天希望吧。此外，这么快就把报告提交上去，岂不是让对方感觉报告的含金量太低了，从而在那每月一万块的经费上动脑筋？

这个时候已经是下午一点了，一夜没睡，让苏丁丁感到有些疲倦，但是他没有上床睡觉。

他换了身衣服，佩戴好义足，从地下室出来，在研究院门口的快餐店吃了两个烧饼夹肘子，喝了一碗馄饨，然后又走进研究院。

研究院占地极多，十栋研究大楼和附属建筑散落其间，一点儿也不显得拥挤，实际上它还拥有一个三十余亩的休闲公园。

苏丁丁就在这公园内悠闲地逛着，一会儿看看池塘里吐泡的鱼群，一会儿又盯着枫树上的红叶出神，再后来又坐到小路旁的长椅上默默发呆。

研究院里的工作人员并不多，现在又是上班时间，公园里除了他没有其他人，整个世界似乎都被他一个人拥有……

回到地下室的时候，他已经从林颐杀人事件的负面情绪中挣脱了出来，似乎也忘了小雨要结婚的事情。

他打开《无限世界》游戏，继续沉浸其中。

导师曾经说过，丁丁是他们这些人里心性最好的人。什么心性最好？无非就是遇事波澜不惊，平日无欲无求。这个心性实在说不上是好，但是从事记忆研究——人类最复杂深奥的领域——却起着决定生死的作用。

苏丁丁加入研究所的时候，也正是人类大脑思维研究最如火如荼之际。在开发出人类大脑记忆记录仪之后，第二个重要发明又出现了：人类大脑记忆互联机。

这个机器由记忆记录仪改进而来，可以使研究者真实地进入被催眠者的大脑记忆中，从而像看电影一样读取被催眠者的记忆。

无论从运行机理，还是从实际操作来看，都无疑是一项伟大的发明，只是有一个小小的瑕疵，就是它始终没有成功的案例，所有上过大脑记忆互联机的人，包括被催眠者和研究者都变成了植物人或者精神病。

人类没有被吓倒，伟大的研究者们为了这项研究前仆后继，一个倒下，十个上去；十个倒下，百个、千个上去……然而，没有一个人成功，他们只是用自己的牺牲证明了一个事实：人类发明了一台自己无法操作的机器。

研究所内曾经人才济济，然而导师进了医院，有抱负的师兄们一个个随之倒下，苏丁丁却始终安然无恙。被导师大为夸赞的心性救了他，他没有远大的理想也没有献身的精神，所以他根本就没有碰过那台记忆互联机。

思维研究的大潮退去，幸存的同事纷纷改行，只有淡泊名利的苏丁丁留了下来，因为他实在无处可去。

现在，世界上唯一一台大脑记忆互联机就尘封在地下室的角落里，被厚厚的包装用品覆盖着。

苏丁丁成了唯一还在从事这项研究的专业人员，名副其实的世界学术大拿，虽然已被世界遗忘。

他每天的研究工作就是玩游戏，偶尔帮助鉴定中心做做记忆图谱分析。

终于熬到了晚上十点，苏丁丁关闭电脑，在隔壁的卫生间洗漱完毕，脱衣躺在床上。他看了一会儿书，十点半准时熄灯睡去。

第二天早晨六点钟，苏丁丁醒来。这个时候，他已经从前一天的加班工作状态调整过来，进入数年如一日的正常作息时间。

上厕所、洗漱；六点半出门，在研究院的体育场上慢跑半个小时；七点十分来到研究院对面住宅小区底商的那家叫作“北京早晨”的早点店。他在这里吃一份馄饨、油条或者炒肝、包子。苏丁丁是这里的老主顾了，与店主和食客都很熟。一年前，这家店旁边还开了一家重庆面馆，但是他从来没有去过。

七点四十分，他回到地下二层只有他一个人的研究所，把房间内的卫生整理一下。八点准时坐在工作台前，打开电脑，开始工作——也就是玩游戏。

每天上午八点至十二点，下午一点至六点为工作时间，其间每一个小时休息十分钟。如此循环往复，数年如一日，很少迟到早退，偶尔加班也绝不要加班费，堪称敬业典范。

中午十二点至下午一点是午饭时间。从前都是到研究院门口的快餐店去吃，自从有了手机外卖软件之后，他慢慢习惯了从网上订餐。

下午六点下班之后，他一般会在体育场锻炼一小时，回地下室之前把晚饭吃了。

晚八点到十点是自由活动时间。当然，大多数时间他也是在游戏中度过的。晚十点，洗漱、上厕所，上床、看书、熄灯休息……

一天就这么过去了。

一天一天就这么过去了。

他的生命就像一张白纸，只有岁月在上面无声划过……

第七天的上午，苏丁丁把林颐的记忆图谱分析报告发送到鉴定中心。下午，李利来过一个电话，确认了一下报告中的情况。他虽然没有多说什么，但能感觉出他的情绪有些低落。

不知道到了第几天，苏丁丁收到一份陌生的邮件，要求进行记忆图谱分析。鉴于对方的身份不明，他没有理会。

过了几天，一个叫陈远的人要求添加他为微信好友，他仍旧没有理会。

一眨眼，不知道又过了多少天。苏丁丁还在玩游戏，现在他已经置身于 2166 年的世界了。他选择成了一颗小行星的星主，每天默默建设着自己的家园……

忽然之间，他感觉有一丝异样的情绪在脑海中飘过。仔细去想，却又没有什么发现。

他没有在意，可是几个小时后，那情绪再次泛起。

他细细体味着，那是一股淡淡的忧伤。不，不是忧伤，那是什么？他有些不明所以。

第二天，那情绪又出现了，并且似乎明显了一些。的确，不是忧伤，而是一丝牵挂。

他忽然想起来，再有两天，小雨就要结婚了。

吃过午饭，苏丁丁没有像往常那样回地下室，而是开着那辆老吉普车来到了雁栖湖公园。

公园里的人很多，正在举办一个什么游园活动。他这才注意到，今天是周五。

苏丁丁在售票口出示了残疾证，便领到了一张免费票。穿过仿古牌楼的大门，他沿着石板铺就的小路慢慢向前走着。

虽然秋色已深，但小路两旁的草坪还是绿色的，不过那些不知名的花卉则早早落光了叶子。

路上的行人三三两两，一对夫妻牵着两三岁的小孩，说笑着从对面走过来；一个白发苍苍的老妇人牵着一条长耳朵的小狗擦肩而过；一对恋人坐在长椅上旁若无人地缠绵着……

小路三转两转就变成了环湖路，路面从石板转变为柏油路，也宽阔了许多。左侧就是镜子一般的雁栖湖，右边则是草坪、树木和一些游乐设施。

他沿着环湖路继续往前走，渐渐地一个游人也看不到了。走到路的尽头，他转过身向回走，慢慢地……

后来，他租了一条游船，划到湖中央。然后，坐在那里，静静地看着湖水，看着岸边的游人，看着远山。

晚上七点，苏丁丁回到了地下室。他破例没有打开游戏，而是躺在床上沉沉地睡去了，甚至忘了吃晚饭。

早晨六点，他准时起床，收拾停当，驱车来到城铁站。由于是周六，时间又早，城铁站的人很少。

一个多小时后，他来到燕莎商城。商场也刚刚开门，除了售货员，罕有顾客。他似乎没有什么目的，在各层之间逛着。

后来，他的注意力似乎逐渐聚集到了女装、化妆品、首饰等商品上。但是，逛了三四个小时，最终却什么也没有买。

他走出商场，拿出手机，调出小雨的电话号码，犹豫再三，却没有拨出。

下午两点，他回到了研究院。把车停回车库的时候，发现自己的停车位被另外的车占据了。那是一辆八成新的玛莎拉蒂跑车，车头的三叉戟标志彰显着不菲的身价。平时车库里根本没什么车，空闲的车位很多，看来对方并不是研究院的工作人员。

把车停在玛莎拉蒂旁边，他走进了电梯。

车库在地下一层，其他车主乘电梯都是上升，只有他需要下降一层。

电梯门在地下二层打开，苏丁丁走出电梯，赫然发现对面的墙边无声无息地站着一个人。这可是从来没有过的事情，他吓了一跳。

“有事吗？”苏丁丁问道。

对方三十七八岁，有着一张英俊的脸庞，只是胡子似乎有几天没刮了，给他添了一丝颓废的气质。这个人穿着一件褐色的皮夹克，下身搭配一条牛仔裤，从穿着看不是研究院的工作人员。

“请问是苏丁丁博士吗？”对方连忙问道。

找自己的？苏丁丁有些意外，不禁问道：“我是，请问你是？”

“您好，苏博士，我叫陈远。我给您发过邮件，也加过您的微信好友。不过，您好像比较忙，并没有回复我。”对方很热情，凑上来想和他握手。

出于礼貌，苏丁丁和对方握了握手。但他心不在焉，所以并没有停留，也没有询问对方找自己的缘由，便径直向自己的办公室走去。

“是这样，苏博士，我有一件事想请您帮帮忙。”陈远似乎并不介意苏丁丁的冷淡，尾随着他走过来。

“我这里是研究机构，恐怕帮不上你什么。”苏丁丁打开办公室的门，见对方并没有离去的意思，只得做了一个请进的手势。

房间里只有苏丁丁平时坐的椅子。他在封存的设备中翻了一阵，才找了一把椅子，掸了掸灰尘，放在陈远身前。

“我这里平时没什么人来，照顾不周，希望你不要介意。”

“没关系，很抱歉冒昧打扰您。”

“我们还是步入正题吧。”

“好的，我是想……让您帮助我找到女朋友。”

“这个……我无能为力，我自己还没有女朋友呢。”苏丁丁愕然。

“不，我不是那个意思……”陈远连忙摆摆手，说道，“是这样，我的女朋友失踪了，我希望您帮我找到她。”

苏丁丁审视着陈远，对方一脸真诚，似乎不是在开玩笑。

“我认识一个朋友，”苏丁丁说，“他在公安部物证鉴定中心工作，是一位非常出色的老公安。”

“我这件事情，警察帮不上忙。”陈远解释，“十年时间里，我先后接触了三十二位警察，甚至不惜重金把美国那位“神探”请回国，但是都一无所获。”

“你确定我能帮得上你？”

“大概只有您了！”

“你知道我是干什么的吗？”

“您从事的是人类大脑记忆研究工作，而且是全世界最顶尖的专家。”

苏丁丁一时无语，专家，漏网之鱼好不好？“即便如此，我又该怎么帮助你呢？”他无奈地问道。

“您可以给我做一次记忆追溯，这样或许可以发现小倩失踪的真相。也许……”

“对不起，我打断你一下。”苏丁丁有些不耐烦地问道，“你知道什么是记忆追溯吗？说简单些，它只是将记忆以数据的形式保存起来。如果你依靠自己的记忆都找不到，记忆追溯又能起什么作用呢？”

陈远的脸色一下子变得惨白。他呆呆地望着苏丁丁，目光中流露出的情绪不断变幻着：起初是希望，之后又失落，接着是不甘……后来他的眼中渐渐泛起一层雾气。他的嘴唇颤抖着，似乎想说什么，却又在犹豫着。

苏丁丁默默看着陈远。这个男人脸上的线条棱角分明，显得英俊而刚毅，绝不是优柔寡断、性格懦弱之辈。从他的表情中可以深切地感受到，他对那个失踪的女孩儿刻骨铭心的爱。这让他不禁萌生一种同病相怜的感觉。

“十年了，我找遍了全中国，可是没有得到一点儿有关她的信息。她真的好像小说中的聂小倩一样，从虚幻中来，又回到虚幻中去了……她在这个世界留下的，恐怕就只有我记忆中的形象了。”陈远的声音越来越低，“随着时间的流逝，她的样子在我的脑海中变得越来越模糊……”他突然紧紧握住了苏丁丁的手：“她是我的一切，即使不能找到她，也请你帮我把她的样子保留下来。这样我就能够真切地感觉到，这个世界还留有她曾经存在过的痕迹，即使是一些抽象的数据也可以。这样，我就能安慰自己，让自己相信，她一定会循着这点滴痕迹回来找我，我们终有再相聚的那一天。请您一定要帮帮我！”

八、失踪

苏丁丁与陈远面对面坐在工作台前。工作台上的电脑没有开机，黑色的屏幕像一个深邃的黑洞，默默注视着这两个人。

“姓名：陈远；男，36 岁，无业……”苏丁丁拿着陈远刚刚填写完的记忆图谱分析记录书，逐项念道，“父亲：陈宇航；母亲：方璐……”他停顿了一下：“其实记录书上除了你的签字，还需要你父母签字认可。”

“我决定就可以了。实际上，我和父母已经有两年没见面了，只是偶尔通个电话。”

“你始终没有工作吗，那生计问题你怎么解决？”苏丁丁停顿了一下，觉得“陈宇航”这个名字很耳熟，便问道，“你父亲……不会是新闻联播里头条新闻里的那位吧？”

“是他。”陈远边回答边点头，接着解释道，“我以前是空军试飞院的战斗机试飞员。不过小倩失踪之后，我的状态不再适合升空，就一直没找工作。”

“看来我认识了一位名人。”苏丁丁笑了笑，放下记录书，说道，“下面就说说你和聂小倩的故事吧，尽量详细一些。”

“那时候，我刚刚完成一个重点型号的阶段试飞，上级给了一个月的假期，于是我去了平遥古城……”陈远望着苏丁丁，眼神逐渐复杂起来，“那天晚上，我坐在一个叫作‘邂逅’的酒吧里，后来就看到小倩从门外走了进来。她坐到了我对面，我们开始交谈，聊得很愉快……时间过得飞快，好像一转眼就到了酒吧打烊的时间……”

“你是一个人去的酒吧吗？”苏丁丁问道。

“对。”

“去酒吧做什么，喝酒买醉还是寻找异性朋友？”

“去享受孤独。”

听到这个回答，苏丁丁愣了一下，又问道：“你之前有女朋友吗？”

“没有。”

“你从不和异性交往？”

“我曾经和很多异性交往过，有七八个还是极为亲密的那种，但她们就是我的异性朋友。我们之间没有爱情，至少我个人是那么认为的。”

“好吧，我承认，你们这种高富帅的生活，我这个宅男不懂。”苏丁丁喃喃说道。

“其实我对爱充满着渴望。年轻时有很长一段时间我曾经放纵欲望去追求它，但后来才发现，欲望与爱情根本就是两种不同的东西。而且，在欲望中陷得越深，离爱情就越远。后来，我慢慢地开始享受孤独。我一度认为自己渴望的那份情感只存在于幻想之中，永远也不可能得到，直到我遇见了小倩。”

“再回忆一下你们见面时的情景。她走进酒吧的时候，是径直向你走过去吗？”

“是的，当我们发现彼此的时候，目光就再也没有从对方身上离开过，这一点我可以确定。”

“你确定在这之前不认识聂小倩，甚至从来没有见过她？”

“我确定。”陈远毫不犹豫地回答道，“要知道，我是飞行员，我的视力和记忆力非常好。如果在哪里见过她，即便只是匆匆瞥一眼，也一定会有印象的。”

“有没有可能……”苏丁丁问，“要知道你的身份比较敏感，你的工作内容属于国家机密，而聂小倩却是带着某种目的……”

“绝对不可能！”陈远用有些粗暴的语气打断了苏丁丁，而后又用和缓的口气说道，“你没有见过小倩，她是那种……清澈如山泉的人。况且这么多年过去了，安全局和公安局都介入过，没有发现她与任何泄密事件有关。”

“抱歉，是我有些八卦了。”苏丁丁说道，“可是从你的叙述来看，你们好像相识已久的老朋友。”

“何止是老朋友！见到她的那一瞬，我觉得自己内心深处有什么东西突然被唤醒了。我对她的感觉就像……如果以时间为尺度，那么她生生世世都是我的妻子……如果以距离来衡量，她就是穿越了银河来与我相聚……”

从陈远的言语中，苏丁丁体味到那份深切与迷醉的爱，那是心灵与心灵之间的碰撞，他不禁叹息了一声，道：“恭喜你，无论如何，你曾经真实地遇到并拥有过那份爱，这真让人羡慕。”

“我相信，我一定会找到小倩的。”陈远拍了拍苏丁丁的肩膀，“你也会找到属于自己的那个人。”

苏丁丁的眼睛亮了一下，随即又黯淡下去，他摇摇头说：“属于我的？你看看我这里有什么，又能给别人带来什么？她明天就要结婚了，我甚至连好一些的礼物都买不起！属于我的……从来没有开始……当然也就不会有结束……”

“对不起，没想到……”

“不用说对不起。一个人也很好。我很喜欢现在的日子，咱们还是回到你的事情上来吧。”苏丁丁的表情中带着释然，“在酒吧里，你和聂小倩都谈了些什么？”

“也没聊什么特别的话题，就说了一些很普通的家常话。但是这不重要，因为……因为我觉得我们交谈得非常愉快，我们的心靠得很近，真的达到了心灵的契合。我在那一刻觉得她好美，一颦一笑都那么动人。”

信息量有点儿大。苏丁丁承认自己这个单身男又有点听不懂了，难道这就是一见钟情？难道这就是热恋中的男女共有的感觉？犹豫再三，只得在记录书上注明：酒吧内的交流，语言与心灵双轨。

“从酒吧出来之后呢？”

“我们在无人的街道上走了一夜，几乎走遍了平遥的大街小巷。”陈远回忆道，“我们手拉着手，互相依偎着，一刻也没有分开，就好像……一旦分开就可能再也见不到对方似的。”

“你们生怕一旦分开就可能再也见不到对方了？”苏丁丁问道。

“是的，就是那种感觉。”

“你们走到了天亮，再然后呢？”

“我们回到了酒店。”陈远说，“虽然我们睡在一起，但是什么也没有做，就是那么互相拥抱着。那时候感觉我们之间似乎分离了几生几世，只要能够在一起，就是生命里最大的幸福。”

“这种感觉以前有过吗？”

“从来没有。和别的女人在一起的时候，我反而总有一种魂不守舍的感觉，就好像我在背叛某个人。现在看来那个人就是小倩，虽然这种感觉无法解释，但那确实就是我的感受。”陈远神色复杂，“后来几天，我们一起去了悬空寺，去了云冈石窟，去了晋祠。其间我们几乎没有分开过，而且对彼此的依恋一点也没有减弱，直到后来去了娘子关长城。”他停顿了一下，望着苏丁丁一字一顿地说道，“这是我一生中最后悔的事情，真希望能够让我再选择一次。”

苏丁丁没有插话，等待着对方继续说下去。

“到达娘子关镇之后，我们并没有走旅游路线，而是前往驴友论坛里推荐的一段野长城。”陈远接着说，“开始的时候，周围还有一些游人，慢慢地就见不到一个人了，后来脚下的路也没有了。这个时候，已经能够看到远处山顶的那段长城了，山势看上去也不算陡峭。我们沿着一条狭窄小径继续向上攀爬，在上午十一点左右抵达了长城脚下。这段长城没有经过修缮，损毁得比较严重，大部分墙体都处于半坍塌状态，只有中间一部分和一处敌楼还算完好。我们从一处豁口攀上了敌楼，肩并肩向远处眺望。”

“这时，小倩指着不远处的两朵野花说‘它们多像我们俩啊’。我要去帮她采过来，她出乎意料地有些不高兴，说再渺小的生命也有生存的自由。然后，就向那野花走过去。我想跟过去，但是被她制止了，说只是去看看它们，我便没有坚持。我们站立的地方离野花不过二十多米远，中间只隔着一些堆积的砖块。她走到野花前蹲下去注视了片刻，然后站起身回过头想对我说什么，谁知道她的身体一晃就突然不见了。我意识到出事了，连忙跑过去，才发现野花的后面就是一道悬崖！”

说到这里，陈远的声音有些颤抖：“我连忙绕到悬崖下面，却没有发现她的踪影。到太阳快要落山的时候，我几乎找遍了悬崖附近的每一个角落，仍然一无所获。”

“傍晚，我赶到娘子关镇公安局报警。哦，我甚至还和老爷子通了电话。公安局连夜派人，并且组织了一些群众上山搜索。

“连续三天，娘子关附近的每一片山地几乎都被翻遍了，但仍然没有小倩的影子。周围市、县的公安局没有接到失踪人员的信息，医院也没有不明伤者的报告。

“其实那几天，我最害怕的事情就是听到小倩遇难的消息。还好一周过去了，我没有听到噩耗，但是也没有得到一点有用的消息。

“于是我就想，是不是因为什么原因，她一个人离开了？可是，她为什么不与我联系？她的手机也一直无法接通，一个月后竟然变成了空号！我这才发现，除了一个手机号，我竟然对她一无所知！不知道她是哪里人，住在哪里，从事什么职业，甚至连名字的真假也无法确定。

“此后半年，我一直逗留在我们曾经去过的地方，平遥、太原、大同、娘子关。我一直觉得，说不定下一刻，她就会像突然出现在‘邂逅’酒吧里那样，突然出现在我面前。可是，那一幕始终没有再现。

“到现在已经十年了。我找了她十年，可是她就那么莫名其妙地消失了，而且一直没有任何音信。”

沉默，长久的沉默。

陈远还沉浸在痛苦的回忆之中。

苏丁丁等待着他恢复平静。

“好吧，这就是我和小倩之间的故事。虽然我知道您不一定能帮我找到小倩，但至少可以给我一点希望。”陈远诚恳地说。

“你的事情在一些细节上有些不合理。”苏丁丁斟酌着措辞，慢慢说道，“你们住宿的时候，她没有出示过身份证吗？”

“……没有，用的是我的身份证。”

“你从来没有问过她，关于她的身份、家庭等个人信息？”

“没有，其实我们在一起不过短短几天工夫。”

“是你没有问过，还是她没有回答？”

“……我没有问过，因为我觉得我们永远都不会分开，我们相处的时间还长着呢，而且在我看来那些并不重要……”

“她的行李中也没有什么线索吗？”

“她没带行李。”

苏丁丁皱了皱眉，问道：“这正常吗？”

“……不正常……也许她的家就在平遥，也许她把行李寄存在哪里了。”

“也许最初见面的时候，她就打算日后突然失踪。”

“不可能，绝对不可能！”陈远摇着头，斩钉截铁地说道，“从她的眼神、表情、动作中我可以感受到她这个人……如泉水一般清澈……像夜空一样纯净……不可能有谎言，也不可能有欺骗！”

“你们旅行中没有照相留影吗？”

“没有，而且……公安机关调取了各个景区的监控录像，同样没有小倩的影像，画面上显示我是一个人在旅行。”

苏丁丁忽然觉得，弄了半天，自己恐怕是在听一个精神病患者的呓语。

看到对方奇怪的眼神，陈远大概猜到苏丁丁在想什么了，一把抓住他的手，诚恳地说道：“请相信我，我不是精神病，也不是幻想狂或者梦游症患者。虽然我自己也曾经怀疑过，但是几家权威医院的诊断结果都证明我比大多数人都要健康也正常得多……我知道这件事情有太多不合理的地方，诸多的不可能。我也知道所有人都在质疑，甚至我也一次次问自己，是不是做了一场梦。但是……十年了，整整十年了！小倩就在我的记忆里，她的每一句话，每一个眼神，每一个表情，都是真实的。这件事也是真实的，请相信我。”

“我不相信，因为这件事有太多的漏洞和疑点。”苏丁丁缓缓地说，“但是我会帮助你，不过有些事情我需要事先说清楚。”

陈远点了点头。

苏丁丁接着说：“首先，记忆追溯记录肯定是公正的，即使结果不是你想要的，也请理解。其次，以我的经验，记忆追溯对你的帮助会非常小，小得可以忽略不计。尤其是在寻找小倩这件事上，劝你别抱太大希望，就当聊胜于无吧。”

陈远的神色黯淡了下去，道：“我理解，谢谢你。”

“好吧，我们开始吧。”苏丁丁放下记录书，站起身，掀开旁边那台记忆追溯记录仪上面的布。

九、陈远

记忆追溯记录仪的主体结构是一张深眠椅。陈远坐在上面，苏丁丁将椅子调节到半躺半坐的角度，然后用束缚带将陈远固定好。

仪器启动，一个银色的金属圆环从椅子下部伸出，随即便发出了淡蓝色的光。它从陈远脚部缓缓上移，而后停在陈远的头顶，看上去像天使脑后的光环。

与此同时，在深眠椅的旁边，一道立体光幕逐渐显现出陈远的虚拟影像。这个影像呈透明状，人体器官和密集的神经网络一览无余。

大师兄蔡杨的立体AI悄然出现，低头望着陈远的医学投影，感叹：“将近两年没有进行过记忆追溯了，真是怀念啊。”

“记录者医学影像扫描完毕，物理传感器连接完毕，建立生理指征监测网，测试患者神经系统适应性。”苏丁丁把最后一个传感器腕带缠在了陈远的右腕上，又在左腕埋设了一个注射针头，然后说道。

“医学影像更新完毕，生理指征正常，神经系统契合。”大师兄回答。

紧接着在陈远的虚拟影像上出现密密麻麻的绿色数据。

苏丁丁将麻醉剂吸入注射器，然后连接在陈远手腕的针头上，接着问道：“准备好了吗？”

“准备好了。”陈远回答。

“聂小倩在悬崖上看到的野花是什么颜色的？”

“紫色和蓝色。”

听到回答时，苏丁丁推动了注射器，随即陈远闭眼睡去。

“麻醉剂注射完毕，记录者睡去，注意监测生理指征。”苏丁丁说道。

陈远在医学投影上的数字开始变化起来，一些数字从绿色慢慢转为黄色。

大师兄看着监测数据逐渐稳定，且全部降为了黄色，才说：“记录者进入深度睡眠，生理指征维持在安全线以内。脑电波归于沉寂，记忆追溯仪就绪。”

“开始第一次点火。”苏丁丁说道。

“点火”是一个简单的名词，抽烟需要点火，发动机启动需要点火，人类文明据说也始自一把火，而“点火”在记忆追溯中是一个专有名词。当记录者进入深眠之后，大脑思维趋于停滞，这个时候就需要一个外部刺激使记录者的大脑记忆恢复运转，并准确从标定的记忆点开始被记录仪读取。而从专业角度而言，这个外部刺激就被称为“点火”。

陈远的点火物就是聂小倩喜欢的那两朵野花。

一蓝一紫两朵野花的影像被转化为数字电波，加载在一道脉冲电流之中，此时正被注入陈远的大脑之中。

人类高度发达的大脑由一百多亿个神经细胞组成，它们通过突触相互连接起来，组成了一个庞大的神经网络。人类丰富多彩的记忆信息就存储在这个网络之中。

此刻，处于深眠状态的陈远，大脑皮层中却仿佛是一片荒原，由近及远，寸草不生，荒芜沉寂，乌云低垂，充斥着压抑的气息。

一道闪电穿过云层，落在荒原上，这片死亡世界闪了一下，又归于寂灭。但是，一个小光点又从荒原上亮起，那是两株小小的娇嫩的绿芽。这种看起来脆弱，根本无法在荒原上生存的嫩芽却飞快地成长着，转眼便长出了两根相互缠绕的大概有两指长的绿茎，接着抽出了几片叶子。然后，叶子的环抱中又出现了两个小小的花苞。似乎过了很久，又像转眼之间，花苞猛然绽放，露出一蓝一紫两朵野花。

生机降临，大雨从翻涌的云层中落下，荒原上星星点点亮起绿色的生命之光……

“检测到脑电波，记录者的深层意识被激活了，记录仪开始同步。”大师兄有些惊讶，“第一次点火就成功了，真是太罕见了。”

一次点火成功的案例不是没有，但是在记忆图谱研究的十年间积累的几万个案例之中，成功率不足千分之一。一般而言，这也表明记录者对所追溯的那段记忆的执着。

苏丁丁有些感慨。陈远的这件事有着太多疑点和不合理的地方，甚至就连他自己都有点无法自圆其说。苏丁丁是抱着极度怀疑的态度给陈远提供帮助，之所以答应帮忙，一方面是对他产生了惺惺相惜的情感，另一方面也是因为反正闲来无事。现在看来，陈远对关于聂小倩的这段记忆可谓是刻骨铭心。这意味着什么？难道聂小倩的事是真实的？可是诸多的不合理又如何解释？他不禁对这个故事背后的真相产生了兴趣。

“同步完毕，各项指数标定完毕，可以开始记录。记录者生理指征正常。”

“标定点火点为标准计时，引导前推二十分钟，开始记录。”

陈远头顶的金属环散发着乳白色的光芒，宛若实质，并且按照某种韵律缓慢地变幻着，宛若呼吸。

一道激光投影屏幕出现在深眠椅的后方，屏幕上显示出一张以时间为单位的立体表格。各种颜色的曲线开始在表格中像藤蔓一样生长……

不知道过了多久，一个似乎很遥远的声音传来："陈远，醒醒，醒一醒……"

可这时的陈远还沉浸在与小倩相聚的回忆之中。他一度认为，那段记忆变得逐渐模糊，毕竟已经过去十年了，但是就在一秒钟之前，他觉得自己仿佛又回到了从前。小倩的一颦一笑都是那么真切，他宁愿永远都不再醒来。但是随着他意识的清醒，小倩的影像随之消散。

陈远睁开眼睛，看到苏丁丁正在拍打着他的脸颊。

"叫醒我做什么？"陈远埋怨道。

一脸紧张神情的苏丁丁见他醒来松了一口气，道："你的生理指征已经下降到了安全线以下，如果你再不醒来，恐怕你永远都醒不过来了。"

"谢谢。"陈远说道，语气中还带着对小倩的依恋与不舍。

陈远的记忆图谱分析已经完成，但是在陈远这个外行看来，激光投影中所展现出来的复杂抽象的数据就像一幅印象派油画，完全没有规律，让他有些摸不着头脑。

"这就是那段记忆吗？"陈远有点不知该说什么好。

"从数据的角度来说，是。"苏丁丁回答，"但是现在的技术水平还无法将其还原成真正的画面，恐怕让你失望了。"

"有什么收获或者线索吗？"

“如果你是指寻找聂小倩的线索的话，没有。”

“能还原小倩的影像吗？”

“我说过，不能。”

陈远叹了一口气，说：“其实，能让我再次见到小倩，即使是在梦中，也已经是我最大的收获了。”

“不过这次记忆追溯有一个重要发现。”

“什么重要发现？”陈远眼睛一亮。

“根据对各项指数的分析，我们确认你的记忆是真实的。”

“它当然是真实的。”陈远有些哭笑不得，“这是我自己的经历，当然是真实的。”

“这段记忆的当事人只有两个，你和聂小倩。在聂小倩失踪后，就成了你一个人。现在记忆追溯记录仪也确认它确实存在，这很重要。”

“证明了我不是在撒谎也不是在做梦？”

“是的。”

“好吧。”陈远有些无奈地说道，“至少我不用再自我怀疑了。”

苏丁丁在激光投影上操作了一阵，陈远的记忆图谱不断演化，最终浓缩为一个拳头般大小的色彩斑斓的立方体。

“这就是你的记忆图谱，我已经发送到你的电子邮箱里了。看到图谱中心一蓝一紫两团数据云了吗？”苏丁丁问，“那就是你记忆中的聂小倩。也许有一天，依靠更新的技术，你就可以让她重现。”

陈远伸出手抚摸着那两团没有实质的数据云，表情复杂地说：“这大概是小倩曾经存在于这个世界的唯一证据了。”

“我想多做几次记忆追溯，把我和小倩相处的时光都记录下来。”他又说道。

“你应该知道记忆追溯的副作用很大。随着次数的增加，有可能对你的身体造成严重的伤害。”

“我们总共相处了六天，我想压缩一下应该是可以的，求你了。”陈远恳切地说道。

陈远的心情，此刻的苏丁丁最能理解，他默默地点点头。

陈远走了，不能说失望，但又确实没有什么收获。

苏丁丁看了看时间，已经凌晨四点了。

他的人生可谓枯燥乏味，只有工作才能让他感觉到自己存在的价值，也由此在内心深处体会到一丝兴奋。

现在他就处于熬夜工作后的兴奋中，但是这种兴奋感很快就消散了，取而代之的是浓重的疲倦感。

苏丁丁感觉自己困得都快睁不开眼睛了。

他躺到那张小小的单人床上，心里有些奇怪，以前可从来没有这种情况，而后便沉睡了过去。

早六点，苏丁丁准时醒来，上厕所、洗漱、整理办公室兼起居室。六点半准时出门，向研究院的体育场走去。但是走到一半，他又折返回来，因为他感到还有点困，无法抑制的困倦裹挟着他。

回到办公室，反手关上门，他和衣倒在床上，再次睡去。

也不知道过了多久，在昏昏沉沉中，他觉得好像忘了什么事。接着，他醒过来，但仍然疲倦不堪，脑子模模糊糊。他强迫自己思考，想了一阵，他终于想起来，今天是小雨结婚的日子。

他拿出手机，上面显示的时间是上午十一点零八分。婚礼马上就要开始了吧！他想象着小雨穿着洁白的婚纱，挽着英俊的新郎，一脸幸福的样子，不觉笑了笑，可是心里又有些不是滋味。他有些自责，本来想送给小雨一份结婚礼物，可是逛了一天，要么太贵了，要么不称心，反正是什么也没买。

自己没去参加婚礼，总要送给小雨一份祝福吧。他拿出手机，打开微信写道："祝你幸福，小雨。"然后加了一个祝福的表情。可是，在要按下发送键的时候他却犹豫了，这么写是不是太简单了？毕竟是小雨一生最重要的事情啊！于是，他开始重新编写。一口气写了五百多字，然后他又犹豫了。写这么多是什么意思嘛？本来苏阿姨就疑神疑鬼的，连婚礼都不让自己参加。这信息要是让苏阿姨看见了，恐怕自己连解释的机会都没有了。况且，现在小雨一定忙得不可开交，哪有时间看手机？自己这不是在给小雨添乱嘛。

犹豫再三，苏丁丁还是不知道如何是好。

这个时候，手机忽然响起了提示音。他一看，是小雨发来的信息："谢谢你，就知道你对我最好了。"

看着这条信息，他有些不知所措。谢谢什么？怎么最好了？自己明明什么也没做呀。

于是他更纠结了，想解释一下，可解释什么呢？自己都不知道到底发生了什么事情。

睡意越来越浓，几乎让他无法思考，最后他写道：“祝小雨一生幸福。”发送了出去，然后他再次沉睡过去。进入梦乡前的一瞬，他的心底突然泛起一丝甜蜜，小雨还想着自己。

再次醒来的时候，苏丁丁不禁有些埋怨自己，自己这是怎么了，从来没有这么贪睡过。他连忙拿起手机，想看看小雨给自己回信息了没有。却意外发现因为忘记充电，手机电量已经耗尽，自动关机了。

他坐起身，在床头找到充电器，连接手机，然后焦急地等了十几分钟。重新启动手机，打开微信一瞧，并没有看到小雨的回复。

是小雨没有回复，还是手机因为关机而没有收到信息？他无法确定，这让他有些懊恼。

他再看看时间，竟然已是夜里十一点多了，自己就这么稀里糊涂睡了一整天。虽说这些年来自己基本上整日游手好闲，无事可做，可是今天，他感觉自己好像错过了什么似的。

他坐在床边，默默地打量着眼前毫无生气的办公室。这里就是他的家，这里没有春夏秋冬，只有白天黑夜不断交替。开灯就是白天，关灯就是黑夜，他的人生将在这黑与白之间毫无意义地度过……

苏丁丁的心中忽然泛起一股莫名的无力与失落。

他重新躺在床上。房间里的灯一直没有关，白色的灯光有些刺眼。他身上的衣服也没有脱，但是他却一动都不想动。不知为何，他的眼中忽然泛起了泪花，他就坐在那里无声地哭泣，任由泪水爬满脸颊，然后他在泪水中再次沉沉睡去。

十、无题

凌晨六点，苏丁丁醒来。

他的心情恢复了平静，他把泪水和所有的负面情绪都留在了昨天。作为孤儿，他早已学会如何去接受，如何去忍耐，如何平静地迎接未来。

他翻身起床，先是脱下身上的衣服，扔进床脚的衣物筐，全身上下只剩内裤。然后他穿上仿真义足，拎起衣物筐，来到隔壁的男卫生间。

地下二层的卫生间根本没人光顾，已经被他改造成了私人专属空间。里间原本有四个分隔开的独立厕位，一个被他改成了淋浴室，另一个则让他用来安装了一台洗衣机；外间洗手池没动，但是他在上方加装了一个卫浴柜，在里面放着日常盥洗用品。

他把脏衣服塞进洗衣机，开启了洗衣机的自动开关。然后，花费十五分钟洗了个澡，用两分钟时间刷了牙，接着用浴巾仔细把自己擦干净。最后，他披着浴巾回到办公室，在衣柜里找了一身烫好的干净衣服换上。

出了地下二层，他没有去操场跑步，而是直接去了“北京早晨”。他一口气吃了半斤包子和两碗馄饨，才觉得身上暖洋洋的，昨天的最后一点疲惫终于被洗去了。

回去的路上，苏丁丁的脚步轻快了许多，只是头还有些昏昏沉沉的，可能是昨天睡的时间太久了。来到研究院的体育场，他开始围着跑道慢跑。可是才跑了半圈，他就觉得头越来越沉，而且睡意像野草一样疯狂生长着。

他停止了跑步，返回了办公室，没来得及脱掉衣服，就躺在床上睡了过去。

他睡得并不好，一直在做一些光怪陆离的噩梦，有几次吓得他从梦中醒来，清醒几秒之后又迷迷糊糊地睡去。后来他觉得自己浑身发冷，不知道是肉体还是心里，反正是整个人如坠冰窟。他知道自己病了，于是跌跌撞撞地爬起来，在工作台的抽屉里找了几颗感冒药服下去，又躺回床上，拉开一床被子捂在身上。

在昏昏沉沉中，苏丁丁梦见他又回到了五六岁的年纪，正和其他孩子一起坐在儿童福利院的餐厅里。苏阿姨站在自己跟前，把盛满食物的餐盘放在自己面前。今天吃的菜是红烧肉，诱人的香味儿让他都流出了口水。一阵风卷残云，红烧肉就被吃光了。他意犹未尽地看了看苏阿姨，苏阿姨露出慈母一般地笑容，又给他加了一份。他挥动餐勺，转眼又吃光了。再看看苏阿姨，苏阿姨怜惜地抚了抚他的头，又加了一份。他很快又吃光了，三次、四次……苏丁丁一边狼吞虎咽一边担心，担心苏阿姨不再慈祥地笑，不再给自己红烧肉。可是自己怎么会这么没出息呢，怎么总是吃不饱，怎么越吃越饿？

苏丁丁被饿醒了，可眼前却是一团漆黑。他摸出手机，感觉自己浑身无力，这时他发现拿手机这个动作对他而言竟然是这么艰难。晚上九点了，微信里没有未读信息。他想坐起来，但是挣扎到一半的时候又颓然倒在床上。他一连试了几次，都没有成功。于是，他费力地侧过身，一点一点把下半身往床边挪，想借助床的高度和身体的重量让自己坐起来。但是，他无法准确地控制力度，身体在重力的作用下翻倒在地板上。

他躺在地板上挣扎了十几分钟，耗尽了最后一点体力，最终他确定无法自己坐起来了。

他觉得大脑一阵阵撕裂般的疼痛，胃部像有一个通红的熨斗在反复烫烙，而刺骨的寒意正从地板传递到身体里。为什么会这样呢？他有些想不通，是什么病这么厉害，竟然一下子把自己打倒了？平时使用的三副义足，有两副就在手边，还有一副压在腿下，轮椅停放的位置距离他不足一米，但是他没有力气使用它们了。他忽然觉得，也许自己就会这么悄无声息地死在这里，大概很久之后才会有人发现吧。对于这个世界来说，自己的存在是微不足道的，来时悄无声息，走时了无痕迹。他一时心灰意冷，不如就这样吧，既然没有意义，生与死对他而言又有什么区别呢？

死亡的气息像潮水一样逐渐湮没了他，在失去知觉之前，欢笑、泪水、喜悦、沮丧依次泯灭……

再次睁开眼睛的时候，他发现有些模糊的视野里都是白色：白色的墙壁，白色的床，白色的被子，白色的衣服，还有一个白色的人影在眼前晃动。

“我已经死了吗？”苏丁丁喃喃自语。

“天堂好吗？”一个声音问道。

“我不信宗教。”

“好吧，这里是人间。”白影变得清晰起来，是一个护士正在埋头给他的手腕上埋下点滴用针头。

“谁送我来的医院？”苏丁丁有些惊讶。

“当然是救护车啦。”护士回答。

“谁叫的救护车呢？”

“不是你自己吗？”

“我？”苏丁丁疑惑，他恍惚记得自己从床上掉下来的时候，手机不知道摔到什么地方去了。可如果不是自己打的电话，救护车又怎么能在没人去的地下室找到自己呢?

“既然醒过来了，等打完吊瓶，如果没什么事的话，就去把住院手续办了。”护士拿过来一叠单据，说道。

“我得的什么病?”

“不知道！等办完手续，缴过费，才能安排检查。”

“哦。”

苏丁丁瞟了一眼输液袋上的标签,只是一些葡萄糖之类的营养液,并没有针对性的药物。不过一个小时之后，虽然头部还是阵痛，身体却不再那么虚弱了。

义足大概还扔在办公室里，他向护士要了一辆轮椅。转动车轮出了病房,乘坐电梯来到医院一楼大厅,大厅接待台后的墙壁上悬着“怀柔医院”的铭牌。输液的时候，他看过手机，确实有一条120的通话记录，也许是自己在意识模糊时拨出的吧，他不确定。

大厅里的人很多，人都在排队。办理住院手续、划价、缴费，一路下来又花了一个多小时，苏丁丁不但没有疲惫感，反而觉得好多了。

在接下来的两天里，他不断往返于各个科室检查，检查结果一个个很快就都出来了。血常检查，正常；只是血糖比较低，但也在正常范围内；拍全身X光片的诊断后，正常；全身CT扫描，正常；癌症筛查，正常；头部平扫，正常……

第三天上午，住院部大夫来到苏丁丁的病床前。

“今天感觉怎么样？”大夫和蔼地问道。

“感觉好多了。”

“是不是可以出院了？医院里的病床还是很紧张的。”

“可是还没有查出来我得了什么病。”

“这些检查结果……”大夫翻看着一页页的检查报告，“检查结果表明你的身体很健康，换句话来说，你没病。”

“我还是有些间歇性的头疼。”

这时，苏丁丁的手机响起来。他低头一看，是小雨打过来的，就连忙接通了。转瞬小雨的声音就传过来了：“丁丁，你去哪儿啦，怎么办公室的门开着，却一直没有人？”

“我……我在医院。”

“医院，你生病了吗？在哪个医院？我现在就过去。”

“不，我没病，只是来医院办点事。这就回去，你等我。”

苏丁丁挂断电话，一边侧身去拿自己的衣服，一边对大夫说：“我没病，我马上出院。哦……请帮我借一辆轮椅。”

赶回研究院地下二层，苏丁丁看见小雨带着一副清洁手套，腰间围着围裙，正在房间里拖地。

床上换了新的床单，被子叠得整整齐齐。工作台上的各种杂物摆放整齐，地板擦得都可以反光了，隔壁的卫生间传来洗衣机的轰鸣声。

见到苏丁丁回来，小雨擦擦额头的汗水，埋怨道：“你这里快成猪窝了，也不知道收拾收拾。”

苏丁丁连忙到床边佩戴义足，一边准备上前帮忙，一边反驳道：“这才结婚几天，就知道干净啦，以前你的房间可都是苏阿姨收拾的。”

两人一阵忙碌，办公室里以肉眼可见的速度焕然一新。

刘小雨满足地坐到床沿上，嘴里说道：“丁丁，我饿了。”

“好吧，看来吃不到虹鳟鱼，你是不会罢休的。”苏丁丁说道，“你说你，整天就知道吃，跟个小猪似的，怎么就不胖呢？”

小雨一声欢呼，拉起苏丁丁的胳膊就向外拖。

来到地下一层车库，苏丁丁拉开那辆破吉普车的门，却见刘小雨上了旁边的一辆玛莎拉蒂。

苏丁丁打量着这辆车，感觉有些眼熟，好像在哪儿见过。

“快上车吧。”刘小雨一边招呼他，一边点火启动，“这不就是你送我的结婚礼物嘛？”

结婚礼物？苏丁丁坐到副驾驶的位置上，心里还在迷惑。自己虽然在商场逛了半天，可什么也没……旋即，他恍然大悟，这是陈远的那辆车。自己曾和他说起小雨结婚的事，一定是这个家伙离开之后，直接去了婚礼现场。仓促之间，他把这辆车作为结婚礼物，以自己之名送给了小雨。

“你说你这么大年纪了，也不想着赶快买套房子成家，却买这么贵重的礼物。”小雨一边驾驶着汽车向出口驶去，一边数落着苏丁丁。

“喜欢吗？”苏丁丁问。

“喜欢！”小雨一脸幸福的表情，接着又小心翼翼地问，“这车虽然不是新的，也一定很贵吧，恐怕你的那点积蓄都花光了吧？”

“只要你喜欢就好。”苏丁丁说。就是把他那点存款再乘十倍大概也买不起啊，他只得装酷。

“丁丁。”

“嗯？”

“我们报社里新来了很多女孩，要不我帮你介绍一个吧。”

“你看我这个没房、没钱、半失业，甚至没有双脚、没有父母的五没青年，有哪个女孩会喜欢我？”

“哼，我觉得她们还配不上我们家丁丁呢！”

玛莎拉蒂沿着倾斜的车道，从车库一头冲进了阳光里。

去往红螺寺的公路两侧开了很多农家乐，虽然有的连招牌也没有，但是餐厅大都宽敞明亮，卫生、环境也不错。餐厅前还有面积不小的停车场，门口还建有水产养殖池，规模大一些的还有特别大的鱼塘。来红螺寺游玩的游客大多会上这里品尝一下地道的农家菜。

今天是周四，这些农家乐大都没什么生意。他们随便找了一家，把车停在停车场，先在水池旁挑了一尾虹鳟鱼，并交代一半烧烤一半生吃，然后走进餐厅。二人在靠窗的位置上坐下，窗外就是红螺寺景区。已是深秋时节，山上的红叶层层叠叠，仿佛一片红色的晚霞。

小雨拿起菜谱点了农家肠、大拌菜、小葱拌豆腐、炸花椒芽、野蘑菇炖小鸡、农家摊鸡蛋……

苏丁丁有些瞠目结舌，却没敢言语。旁边的老板娘禁不住问了一句："一共几个人吃饭？"

小雨显然没明白这话隐含的意思，随口答道："就我们两个。"

没过多会儿，菜肴流水一样端上来。小雨眼睛发亮，像看到了许多亮晶晶的首饰。她这个吃一口，那个尝一下，不住品头论足："农家肠的淀粉放多了，大拌菜的食材还算新鲜。啊，这小葱拌豆腐不错，是卤水豆腐，丁丁你尝尝。摊鸡蛋真好吃，准是山上散养的母鸡……"

吃到第四道菜的时候，苏丁丁就吃饱了，而这时虹鳟鱼那道压轴菜还没端上来。看着食碟里还有很多小雨夹过来的菜，苏丁丁真的很无语。

"你怎么不吃呀？"小雨问。

"我已经饱了，看着你吃挺好的。"

小雨报以微笑，筷子却没有停止运动。她看起来吃得很慢，可是一会儿工夫，粉肠就没有了，小葱拌豆腐也让她吃光了，大拌菜还有几根，虹鳟鱼只剩下鱼头了。

苏丁丁默默望着她。虽然小雨的吃相不算好，可是在他的眼里，无论怎样，小雨都是最美的。

“今天怎么跑过来了，不用上班吗？”

“我还在休婚假啊。”

“哦……这几天过得好吗？”苏丁丁有些疑惑，婚假怎么不和柳若然出去旅行呢？

“挺好的。”小雨的回答有些随意。

“这几天厨艺大有长进吧，记得苏阿姨让你上过两个烹饪班呢。”

“哦……嗯……啊……”小雨嘴里咀嚼着食物，发音含糊不清。

“两个人过日子互相多谦让……”

“你说话的口吻怎么和妈一样了？”小雨用纸巾擦着嘴角，说道，“我也吃饱了，我们去看红叶吧。”

从餐厅出来，他们发现之前晴朗的天空竟然阴云密布，天空飘起了小雨。当他们把车开进红螺寺景区的停车场时，雨下得就更大了。

北京的秋季是很少下雨的，苏丁丁不禁感觉是命运使然。看着窗外逐渐隐没在烟雨中的红螺山，他无奈地说：“抱歉，每次来我这里都会碰到倒霉的事。”

“在车里看看风景也不错。”小雨答道。

她解开安全带，把腿盘起来，整个身体蜷缩在驾驶椅中，像一只乖巧的小猫。她的胳膊支在车门扶手上，用手托着腮，看着窗外发呆。在她的视野里是半座红螺山和半个苏丁丁的侧影。

在苏丁丁的认知中，小雨是个阳光大方的女孩，一举一动像个男孩子似的。此时摆出一副温顺乖巧、我见犹怜的姿势，不禁让苏丁丁心中一动。

因为突然下起了雨，不多的游客也匆匆离开了，偌大的停车场里只剩下孤零零的一辆玛莎拉蒂。

淅淅沥沥的雨幕过滤了世间的烦恼与嘈杂，而把水墨山水一般的美景投射进了车厢里。

几下咚咚的红螺寺的钟声在湿漉漉的心境间缭绕。

两个人都不再说话，只是默默地望着窗外。

雨一会儿大，一会儿小；红螺山时而清晰，时而模糊；世界时而真实，时而虚幻……

时间就在他们的沉默中悄然流淌着。

不知不觉，雨住了。

不知不觉，天色暗下来了。

两个人仍然静静地坐在车厢里，语言在这个时候是苍白的，眼神也无须相对，只有一股无法名状的气氛包裹着他们。是融洽、是和谐、是温暖，也许什么也不是。

忽然之间，小雨的眼圈红了，晶亮的泪花在眼中泛起。

“怎么了？”苏丁丁一惊。

“没什么。”小雨扭回头，在转过来之后已经恢复如常，“雨怎么就停了呢？我们出去走走吧。”

下了车，小雨站在雨后清冽的空气中，忽然昂起头，向卧佛一般横亘在眼前的红螺山张开双臂。那姿势像渴望飞翔的小鸟，或是回望山林的小鹿。

苏丁丁看着她那放松的模样，以为她会像从前那样发出一声呼喊或者感叹，但是她的情绪在胸腔中回转，最终却归于无声。

她的情绪似乎不高，只是挽起苏丁丁的胳膊，向停车场外走去。

景区已经关门了，他们沿着景区外空无一人的公路，相互依偎着缓缓走去……

雨后清爽的夜空中，不知何时出现了一片星星，迷蒙的星光伴着两个人走出很远。

十一、心殇

他们回来的时候已经是夜里十点了。玛莎拉蒂把苏丁丁送到研究院门口，苏丁丁看着那一抹红色的尾灯消失在车流中。

不知不觉，两个人待了太长时间。小雨急着赶回家，连晚饭也顾不得吃。苏丁丁在旁边的快餐店随便点了一份盖饭，吃过后就向自己的十号楼地下二层走去。

电梯门在B2层无声地滑开，走廊里的感应灯却没有像往日那般亮起来。面对一团似乎在缓慢涌动的黑暗，一股令人毛骨悚然的恐惧感油然而生。他咳嗽了一声，灯亮了，灯光与对面的墙壁都是枯骨一般惨白。他探出头左右看了看，走廊里空空荡荡的。走出电梯，他先是来到走廊另一头的水泵房，门锁着，里面传来沉闷的机器运转声。

隔壁的后勤库房也关着门，他敲了敲，没人回应。他迈起步子向自己的办公室走去。路过洗手间的时候，他驻足倾听了片刻，除了偶尔的滴水声，没发现有什么异常。他打开门，走进房间，开启灯，发现房内一切如常。心神不宁之下，他关上门，并且罕见地将门反锁了。

他坐在工作台前，开启电脑，在等待电脑系统载入的时间里，那种恐惧感仍然没有消失。他忽然一惊，难道是小雨出事了？连忙拨打小雨的号码。电话接通了，小雨的声音马上传过来："丁丁，有事吗？"

"你那里还好吧，开到哪里了？"

"挺好啊，已经上京承高速了。"

"一定要小心，一定。"

"好的，挂了。"

放下电话，苏丁丁长长松了一口气。第六感这种玄而又玄的东西，他是不相信的。但是为了蒙混毕业，他的毕业论文却写了有关第六感的解析与探讨。能够被导师录取到研究所，估计也与这篇论文有关。但是，他从来没有对这种既看不见又摸不着的感觉有现在这么深切与真实的体会。

又过了一会儿，什么也没有发生。这是自己吓唬自己的节奏吗？他自嘲地摇摇头，一边拆解下义足，一边随手打开了《无限世界》这款游戏。

这时，一阵急促的脚步声从走廊里传来，在寂静的夜里显得格外清晰。很快就来到了门外，接着就是剧烈的敲门声。

“谁？”他问道。

没有人回答，但是敲门声更响了。

安装义足已经来不及了。他拉过旁边的轮椅，坐上去，向门前驶去，打开门上插销的同时他再次问道：“谁呀，这么晚了，什么……”

他的话还没说完，门就猛地被撞开了，一个黑乎乎的身影冲了进来。苏丁丁还没有反应过来，黑影已经抡起了胳膊，一记重拳狠狠地打在了他的眼眶上。他感觉眼前一黑，几乎晕厥过去。黑影并没有停手，拳头雨点般落下来。苏丁丁抬起双手，勉强护住头部。黑影却低下身，抓起轮椅的把手，猛地向后翻去。黑影的力气非常大，轮椅裹挟着苏丁丁的身体从门口一下子摔到了房间的中央。

苏丁丁重重跌倒在地板上，一阵头晕目眩，但是也由此与黑影脱离了接触。借着灯光，他终于看清黑影是谁。柳若然，刘小雨的丈夫！

“你要干什么？”苏丁丁喊道。

黑影没有回答，只是冲过来，一脚一脚地猛踢他的身体。对方的力气非常大，黑色的皮鞋划过一道道乌亮的弧线。苏丁丁的腹部一阵剧痛，胃部像被烙铁烫了一下。接着，肋骨又挨了一记重击，他似乎听到骨头碎裂的声音。然后，额头又是一下，世界在他眼前一晃，变成了血红色，再然后……

漫长的几分钟过去了，对方的力气丝毫没有减弱。柳若然显然没有跟自己对话的兴趣，只是肆意殴打着他。他从对方的眼中看到了轻蔑、不屑、狠毒、残忍……但是很奇怪，他唯独没有看到愤怒。换句话说，对方的举动完全是在清醒、冷静的状态下做出的。

忽然之间，苏丁丁明白了，愤怒在某些时候也是对同类的重视与尊重，而在对方的眼中，自己显然没有这个资格——让对方愤怒的资格！于是，苏丁丁心中的恐惧感消失了，取而代之的则是愤怒，因自卑、屈辱、懦弱而衍生出的愤怒。每一下殴打都变成了助燃的物质，很快，这种愤怒就变得不可抑制，像野火一样充满了他的胸腔。

不知道因为麻木还是什么，苏丁丁感受不到疼痛了，一次次重击仿佛都落在别人的身体上。他看到了自己的义足，它们就摆在工作台的边上，距离不过两米远。他蜷起身体，用肘部和膝盖一点点向义足挪动。义足的脚跟和脚掌部位是用钛合金制造的，除了假肢的功能外，也是一件不错的武器，报仇的武器！

五厘米，十厘米……一米……一米五……

对方的殴打停止了。苏丁丁知道对方正在戏谑地看着自己，就像看着一只在猫爪下徒劳挣扎的老鼠，但是他不在乎。这时他生命的全部意义只有一个，拿起义足，将其变成自己的武器，去捍卫自己那在别人看来微不足道的尊严。

很近了，很近了！他的手指已经触到了义足的边缘，但是就在这时，一只修长但有力的手从苏丁丁眼前拿起了义足。然后义足被挥舞起来，带起一阵风声，重重敲在苏丁丁头部！黑暗，无边无际的黑暗降临……

恶龙从翻卷的乌云中探出头颅，獠牙探出唇外，牙间滴着鲜血。龙须如毒蛇一般扭动着，灯笼一样的眼睛有说不出的邪恶。

他高举起手中的剑与盾，向恶龙示威，心中没有畏惧，只有高昂的斗志。

恶龙的眼中流露出轻蔑，那架势好像在看着一只蚂蚁。

他纵身而起，向着恶龙冲去。

猛烈的撞击，剑在龙鳞上擦出了火花，坑坑洼洼的盾挡住了惨白的龙爪……

疼痛，彻骨的疼痛。他抬了下手，结果手腕像被折断一般疼痛。他侧了下身，两边的肋骨像几把手术刀同时在肌肉间搅动……

“别动，你现在还不能活动。”一个女性的声音似乎从很遥远的地方传过来。

苏丁丁想睁开眼睛，但是努力了半天也睁不开。有过大夫经历的苏丁丁知道，自己的脑袋一定肿得和猪头一样了，以至于眼睛最终只能睁开一条缝。就像从门缝里看人一样，一个白色的身影逐渐清晰，从声音上来判断，对方好像老熟人。

“没想到我们这么快又见面了。”护士说道，“全身十余处骨折，看来你从事的是高危险性工作。”

苏丁丁没有理会护士的调侃。他感觉浑身无力，连说话的力气都没有。身体大部分没有知觉，就好像不是自己的似的，而有感觉的地方却又疼痛难忍。他的神智迷迷糊糊的，不久又昏睡过去了。

战斗，他在无休止地战斗。

天空中一片黑暗，没有日月，没有星光。大地荒芜万里，到处是燃烧的火焰和肆虐的洪水。

他奋力与恶龙搏斗，他的目标只有一个，杀死恶龙。然而恶龙好像拥有不竭的生命，它的身躯被剑砍中后就会化为黑烟，不久又重新凝聚。他毫不气馁，一次次用力挥舞着长剑，他相信恶龙终将倒在他脚下。

几天过去了，苏丁丁已经好了很多，身上的瘀青逐渐消去，只是骨折可不是几天就能好的。他躺在床上，身上到处打着石膏，绑着纱布，一动也不能动。

研究院的办公室王主任代表院里来看望了他，和他聊了几句，确认和院方没有关系后，留下几句慰问的话和一篮水果就离开了。

辖区派出所的民警也来了解情况。原来是医院急救人员在现场发现了打斗的痕迹，报了案。苏丁丁解释，在给柳若然进行记忆追溯的时候导致对方思维混乱，于是发生了冲突。这纯属意外事故，他不打算追究对方的责任。

与恶龙的战斗或许持续了一万年，恶龙被砍断的身体一次次在黑烟中重生。有那么一刻，他不禁产生了一丝动摇，难道恶龙真是打不死的吗？不，他决不放弃！

他们两个中只有一个能活下来，他会战斗到最后一刻！当他产生了这个念头后，发现恶龙的眼中明显露出了恐惧，继而化作黑烟消散在空中……

第十天，额头和右臂上的伤口拆线了，两处各自缝了十四针，不知道会不会留下伤疤。苏丁丁还是不能动，只是在护工喂饭的时候可以稍稍欠一下身子，也没有人可以说话，当然他也不愿意交流。大部分时间，他都躺在床上，望着白色的天花板发呆。

李利来了一次，看着苏丁丁，眼神有些复杂。

"小王说，你的患者因为精神失常袭击了你？"

"是。"

"我调了录像，那个人是苏小雨的丈夫……"李利说道，"他在你那里只待了十分钟，怎么有时间做记忆追溯？"

……

"不想说就算了，有些事……"李利沉吟道，"你有什么需要，就找我。"

"好。"他回答，"大概也只有你了，帮我去所里把义足拿过来。"

恶龙消失了，但是他知道它就躲在暗处偷偷观察自己。他拎着盾牌，提着剑，行走在荒芜的大地上，四处寻找恶龙的踪迹。

……翻过山脉……穿过沙漠……涉过大河……走过平原……

在一条几乎断流的小溪旁，坐落着一间破败的小木屋，它倚靠着一棵掉光叶子的树。

一个苍老的妇人拉住他的衣角，跪倒在脚下，旁边还有一个四五岁的小姑娘在瑟瑟发抖。

妇人哀求他，不要再与恶龙争斗了，说他们之间的战争已经毁坏了大地，灭绝了生命。

他迷惘了，自己不惜生命去杀死恶龙，不正是为了她们的安宁吗？怎么……他感到委屈、不解、愤怒，但是看到小女孩那清澈的眼睛时，他感到一阵酸楚，不禁发出了一声叹息。

一个月的时间即将过去，苏丁丁终于可以下床了。他起初在病房内简单走上几步，慢慢地可以拄着拐在医院花园里散散步。

手机的电量早已耗尽，充上电，开机。微信里有几条信息，都是小雨发过来的：

“丁丁，你做什么呢？”

“怎么不回信息？”

“不理你了！”

“丁丁，你还好吗？”

……

他并没有回复，只是把手机放进抽屉里，默然躺到床上，不知在想些什么。

日子一天天过去，单调得像白开水一样。不过对于他来说，都早已习以为常了。

出乎意料的是，王主任又来看望他了。这次带了许多营养品，还有一个花篮，举止显得非常热情，明显不是在敷衍了事，弄得他有些受宠若惊。

王主任拉着他的手聊了半天，什么祝愿早日康复啦，今天天气很好啦，可能最近要降温啦，不过尽是些没营养的闲聊。

苏丁丁从王主任闪烁的眼神能感觉到，对方一定有什么话要说，但是直到离开也没说出来。他只是提到十号楼的未来研究所最近连续发表了几篇重量级论文，在国际上引起了广泛重视，刘所长很可能会成为新的中科院院士。不过，这和自己又有什么关系呢，苏丁丁感到有些莫名其妙。

小雨又发来了信息：“丁丁，我有些想你了，想去看看你。明天中午好吗？”

他看了看，把手机放下，犹豫了一会儿，拿起手机回复道：“院里把我调动到深圳分院了，我要长期在南方工作，等我回北京再联系吧。”

用了三个月，苏丁丁终于恢复如初，不过精神状态却发生了一些明显的变化。他更加少言寡语了，举手投足间愈加沉稳，没有了从前的率性随意。

办理了出院手续，把换洗衣物和洗漱用品放回了办公室，他驱车去了市精神病院。

精神病院东北角有一栋四层楼，用围墙与其他建筑隔离开，门口挂着的牌子上写着：特别护理楼。

苏丁丁轻车熟路地穿过一楼大堂，在接待台向护士出示了证件，乘电梯来到二楼。走出电梯间，走廊两侧是一间间病房。

201房间有八张病床，此时八位患者正躺在床上沉睡。房间里很安静，没有护士也没有探望的亲属，时间仿佛在房间里凝滞了一般，唯一活动的是吊瓶里不时垂落的一滴滴液体。

苏丁丁坐到一张病床前的凳子上。一位老人仰面躺着，面无表情，一动不动，除了他的胸口在微微起伏外，几乎毫无声息。

他默默地看着老人，眼中流露出无比眷恋的神色。

床上的老人就是苏丁丁的导师，他已经在这里躺了三年。如果没有奇迹发生，老人永远都不会醒来。

半个小时后，苏丁丁站起来，在卫生间倒了一盆温水。他拿了条毛巾，先帮老人擦拭了面部，然后是四肢、身体，他做得很仔细，比给自己洗澡都仔细。接下来，他为其他七位师兄逐一擦拭了一遍，做完这些时已经是三个小时之后了。

苏丁丁走出病房，站在走廊里有些惆怅。在两边的病房里还有着几十位患者，以前都是他的同事，现在他们都躺在这里，只把他一个人留在世间。

他又上了三楼，走廊里有一扇铁门，上面挂着“禁止入内”的警示牌。透过门上的玻璃窗可以看到里面是一个大开间，大约有两百平方米。十几个身穿病号服的病人在房间里或坐或立或者随意走动着，他们的举动显得有些怪异，眼神呆滞，看不到神采。

他的这些同事曾经是业界最顶尖的精英，现在他们虽然还活着，却只剩下没有灵魂的躯壳。

苏丁丁看见了大师兄蔡杨，此刻他正坐在一张桌子前认真地摆弄着什么。那是一个永生花的八音盒，拳头大的玻璃罩内是一朵绽放的玫瑰永生花。大师兄的眼睛一动不动地盯着它，不知道持续了多久，仿佛他的世界里只剩下这朵玫瑰。

半年前，苏丁丁来的时候，还没有发现这个明显不属于医院的物品，看来是大师兄的未婚妻赵依楠来看望他了。

想到这里，苏丁丁的眼圈有些发红，大师兄其实是幸福的，至少他还有一个人可以思念。

十二、吕天明

回到地下二层办公室的时候已是晚上八点了，房间里还是三个月前小雨的丈夫袭击他的样子。轮椅被摔到了零散状态，散落得到处都是，还有一把椅子、一台电脑也被扔在地板上。苏丁丁没心思收拾，准备明天再说。他打开电脑，进入几个月没玩的《无限世界》游戏，玩了一会儿，觉得了然无趣，于是关了电脑，熄了灯，上床休息。

次日六点，他准时醒来。这个时候，他的生物钟再次进入数年一日的正常作息时间。

上厕所、洗漱；六点半出门，在研究院的体育场上慢跑了半个小时；七点十分到达“北京早晨”早餐店，吃了一份馄饨、油条；七点四十分，他回到地下二层。

电梯门开了，走廊里一片热火朝天的景象。几个穿蓝色工作服的人正在搬运一些家具，还有几个拿着清洁工具进进出出。苏丁丁一愣，以为自己走错了楼层，看看电梯楼层指示灯，没错；再看那些人搬的家具很是眼熟，这不是自己办公室的家具吗？

他连忙挤过人群，来到自己的办公室。果然，办公室的门不知道被谁擅自打开了，不断有人向外搬着家具。

“住手！”苏丁丁挡在门前喝道，“谁让你们进来的？谁让你们搬东西的？”

几个被堵在里面的人吓了一跳，不约而同地停了下来，互相对视了一眼，不知该说些什么。

这时，从后面走过来一个穿着西服的中年人，说道：“是小苏同志吧？”

苏丁丁回过头，发现自己见过这个人，大概是未来研究所的一个什么科长吧。显然，他是这里领头的，于是就不客气地问：“这些人是你指使的？”

“你好，我是未来所后勤科的，我姓梁。”对方推了推鼻梁上的眼镜说，“这里已经划归未来所使用了，我们今天要把这里清空，怎么你没有接到院里的通知吗？”

“我没见到什么通知，我只知道这里是记忆所。你们擅自损坏国家财物，形同盗窃！如果你们不能在十分钟内恢复原状，我就要报警了。”苏丁丁针锋相对。

“这是怀柔分院领导的决定，你们记忆所的编制已经被取消了，你也已经失业了。”梁科长露出不屑的表情。

“你说了不算，看来我只好报警了。”苏丁丁拿出手机。

“好，我说了不算，那就让院里的领导和你说吧。”梁科长也拿出了手机，抢先拨了出去，对着话筒和颜悦色地说了几句，然后把手机递给了苏丁丁，道：“院里王主任要和你通话。”

苏丁丁突然意识到，对方说的应该是真的。几年来，记忆所的规模从独占十号楼，几百名员工，逐渐蜗居到地下二层，就剩下他老哥一个。而且，至今没有委派新的领导，没有增加员工，撤销编制是早晚的事。可是自己怎么办？这里就是他的家，他的全部啊。难道要让自己无家可归吗？他的心里一片凄凉。

苏丁丁没有接电话，而是一把推开梁科长的手，高声说道：“你们未来所也太欺负人了吧，整个十号楼几乎都是你们的了，连个地下室也不放过！我就站在这里，想动我们记忆所的东西，除非从我身上踩过去！”

“你已经不是科学院的员工了，无权再过问院里的事。这些垃圾务必要清理出去！”梁科长毫不示弱地说道。

“你敢！”

“我怎么不敢！”

两个人怒目相视，针锋相对。

“两位小同志，那么大火气做什么，有事好好商量嘛。”不知何时，一位白发苍苍拄着拐杖的老人，站在了两人旁边和蔼地说道。

“大爷，您来给评评理。我们记忆所，一个所级单位，已经被挤到地下室，面积还不到两百平方米！他们竟然还想着把我们清除出去。”苏丁丁拉住老人说道。

周围都是未来所的人，明显对自己充满敌意，老人的和颜悦色让苏丁丁感到亲切。

“这里就是记忆所？看来我没走错，你大概就是小苏博士吧？”听到苏丁丁的话，老人显得很高兴。

“哦，是我，不过我还不是博士。”苏丁丁脸上一红。

“你还年轻嘛，我之前了解了一下你们所的情况，都是一批有想法、有作为的科研工作者。小苏博士你的几篇论文，我也都一一拜读过，很有见地嘛。这次来，是我私人有一些事情还需要找你帮忙。”老人谦逊地说道。

梁科长被晾在了一边，心里有些不舒服，插嘴道：“他恐怕帮不上您什么忙了，他们记忆所的编制已经被科学院取消了。”

老人闻言一愣，自语道：“不是还在审议中吗？”然后他把头转向梁科长，问道：“请问你是哪个单位的？”

“我是未来所的，我姓梁，是个无名小卒。不过您如果是院里的，一定知道我们刘所长，他老人家马上就是科学院院士了。”梁科长挺了挺胸脯，自豪地说道。

“据我所知，他当不了院士了。”老人的声音有些冷，“科学院领导层已经对刘健同志涉嫌学术造假的问题进行正式调查了。”

“你这是诽谤！”梁科长有些气急败坏，“你叫什么名字？工作单位在哪里？你必须对自己的言行所造成的恶劣后果负责！”

“我叫吕天明。”老人回答。

一阵急促的脚步声传来，怀柔分院的张副院长气喘吁吁地分开人群，他后面跟着办公室的王主任。

梁科长似乎一下子见到了主心骨，连忙迎上前，回身指着老人说道：“张院长，您好。这个人诽谤我们刘所长，您可一定要严肃处理。”

张副院长连看也没看梁科长一眼，规规矩矩地站在老人面前，惶恐地说道：“吕老，您到我们分院来视察，我们——我们……”

老人摆摆手，说道：“我只是想和苏博士私下聊聊，谈不上视察。你们都去忙自己的工作吧，别为我一个老头耽误工夫。”

梁科长看到张副院长的样子，心头一惊，不禁暗想：科学界的国宝级人物，国家科学院的前院长不就叫吕天明吗？

苏丁丁也意识到了老人的身份，一阵激动。

“大家都散了吧。”老人再次说道，“我只是来拜访苏博士的，让我们两个安静地聊一会儿。”

张副院长深知这位老人的脾气，连忙点点头，招呼其他人离开。临走时王主任对苏丁丁客气地说道：“苏博士，回头您给我打个电话，我安排人把办公室重新收拾一下。”

地下二层一下子就又安静下来，人都离开了，只是那些搬出来的家具都散落在走廊里。

苏丁丁把老人让进办公室，搬出自己的椅子给老人坐，自己随便找了一把椅子坐到老人对面，苦笑着说道：“这里简陋了一些，您别见怪。”

“你们为科学做出了巨大牺牲，没想到竟然落到这么艰难的地步。”老人严肃地说道。

苏丁丁心里十分感动，回答道：“有您的肯定，导师和师兄们知道都会很开心的。您看，我有什么能够帮助您的吗？”

“你也许对我的经历有所了解。在学术界，我大概还算个名人吧。”老人说道。

“是的。”苏丁丁一脸崇拜，一口气说道，“您十岁就从医科大毕业，十二岁获得双博士学位，十六岁就成了协和医院心外科主任医师。到二十岁，您几乎获得了包括诺贝尔医学奖在内的所有医学界最高奖项。二十六岁的时候，您出任协和医院院长，可是两年后您却放弃了医学，进入北京大学天体物理学院攻读天文学。一年时间您就完成了学业，此后连续发表了几篇震惊业界的论文，让您成了世界最顶尖的天文学家。而那一年，您才三十二岁，并且在三十四岁那年，您成了国家科学院院长。您的经历在我们每一位科学工作者的眼中都是一段神话。”

老人露出一丝神往的笑容，说道：“说起来，我自己都感到自豪呢。不过，今天我想和你聊一聊另一个自己。”

混沌初开，小明有了意识。

他睁开眼睛，就看见了光，但光太刺眼了。他连忙又闭上了眼睛，委屈地哼哼两声，然后昏昏睡去。

不知道过了多久，一些嘈杂的声音吵醒了他。他再次睁开眼睛，还是有光，但柔和了一些，一些模糊的影子在他眼前晃动。他眨了几下眼睛，影子渐渐变成了一张面孔。他天然地觉得这张面孔亲切，于是咧嘴笑了。

小明飞快成长着。

一个崭新的世界在小明脑海中逐渐清晰起来：母亲、父亲、护士、医生、床、椅子、电视、房子、蓝色的天空、刺眼的太阳、瑰丽的群星、危险的但是好玩的小猫、一动不动的大树、天籁般美妙的音乐、听不懂但是让他痴迷的诗歌……

这一切都是那么新奇、那么有趣，小明为此开心不已。他把这个世界当作另一个子宫，他不断地学习，不断地探索，不断地成长。

两岁那年，小明上了幼儿园。入园前的测试成绩让老师大吃一惊，所有的问题，他都对答如流。于是好奇的老师们纷纷赶来，接着就出现了十几个老师群考一个小孩的盛况。可是，这样仍然难不住他。最后，一个老师从网上下载了一份初中一年级的考试题，小明的成绩是：语文 97 分，数学 100 分，英语 98 分，物理 100 分，化学 100 分……

小明的文化水平已经可以直接升初中了。看着小明那小萝卜头儿一样的小身体，父母只有苦笑。

老老实实在幼儿园熬到五岁，小明终于正式入学了。他五岁读小学一年级，六岁读初中一年级，八岁高中毕业，十岁医科大毕业……

六岁那年，语文老师出了一道作文题，叫作“人生的第一个记忆”。小明写的是他在母亲的子宫里游泳。这篇作文为小明的神童光环增添了一些荒诞喜剧的色彩。只有小明知道，他的记忆是真实的。他终于意识到，他和别的孩子不一样。

也是从那时开始，小明对生命产生了浓厚的兴趣。世间万物在小明的脑海中变得简单极了，只有生命是那么复杂，让他无法勘破，又让他痴迷。

生命的构成是什么？生命之间有什么不同？鸟儿怎么飞翔，鱼儿如何在水中游？生命的繁衍……人类的自我认知……文明的产生与传承……

拿到双博士学位的时候，小明终于站在了医学研究的最前沿。但是艰苦的旅程才刚刚开始，前方却已经没有路了，他需要自己走出一条路来。

一年后，“人类克隆心脏培育构架模型”发表了，轰动了整个医学界；不到一年，第一颗克隆心脏培育完成；十天后，成功移植到一个患有先天复杂畸形心脏病的小女孩的胸腔内。

两年里，有关人类血管清洁法的系列论文相继发表。仅过了一年，血管综合修复术开始造福全人类。

之后，小明意识到，最好的医学不是治病，而是让人类不生病。三年之后，基因缺陷修复综合治疗术得到了普及，人类寿命提高至150岁，并且这一极限还在不断上升。

几年后，小明出任协和医院院长。一个天才为人类医学做出了难以想象的贡献。然而，没有人知道，小明异常痛苦，因为他的路已经走到了尽头。在他的面前是浓重的黑雾，他知道生命的真谛就在黑雾那头，但是无论如何他也无法穿越。他的脚下是万丈深渊，他的想象力已经无法再延展前进的道路。

多少个夜晚，他辗转反侧难以入睡；多少次，他把修改了无数遍的论文撕得粉碎；多少回，他一个人躲在角落里默默哭泣……

终于，小明选择了放弃，他开始像正常人一样社交。很快，他恋爱了。他的爱人名叫杜秀文，是一位名气不大的画家，与他从事的行业毫不相干。他们在798艺术区偶遇并相识。接着，他结婚了，之后有了一个可爱的女儿。

这两年，小明没有发表一篇论文，没有完成一例手术，除了把协和管理得不错之外，他似乎消失在了医学界学术同人的视野之中。

在外人看来，小明终于褪去了天才的光环，泯然众人矣。

只有杜秀文知道，她的丈夫并没有变成正常人。他总是从梦中惊醒，平静的眼神深处藏着一抹忧郁，时不时地望着窗外发呆，做什么事都是三心二意……她感到丈夫其实生活得并不开心，甚至天天处于一种莫名的煎熬之中，但是她对此却无能为力。

是的，小明失败了！他想过正常人的生活，想在与妻子、女儿的生活中感受生命的美好，但是他做不到。冥冥之中好像有一种东西，在时时刻刻提醒着他去探索未知世界。他一次次告诉自己，自己追求的那些东西是全人类的使命，凭他一己之力，即便穷尽一生也无法实现。但是没有用，那种强烈的使命感一直催促他，使他无法停下探索的脚步。

长期压抑、忙碌、紧张，小明的身体出了问题。他吃不下、睡不着，脸色越来越憔悴，没多久便卧病在床。

一天夜里，病情沉重的他梦见了苍穹中那些瑰丽的群星。群星深处，他所追求的东西若隐若现。

第二天，还在为丈夫身体状况忧心的杜秀文愕然发现，小明竟然痊愈了。

小明辞去了协和医院的工作，进入北京大学学习天文学，仅用了两年时间就拿到了天体物理和空间天文学两个博士学位，而后在全世界研究同人的惊诧中再次开启了一个天才的神奇之路……《暗物质宇宙》开创了对暗物质研究的新思路，人类开始尝试着利用宏观宇宙的模型分析暗物质存在的证据及意义……他主导的土卫六环境拟真与解析，使人类得以成功地在土卫六建立研究基地……他还是揭示了诸多星系真相的“精卫”深空探测计划项目的发起人和总设计师。这一系列可以载入史册的成就，让他在三十四岁那年，成为国家科学院院长。

在任命大会上，能容纳万人的会场座无虚席，直播大屏幕上世界医学界和天文学界的贺电如雪片一般纷至沓来。国家领导人向他颁发了委任状，他的嘴角带着礼节性的微笑，眼神里却全是迷茫与无助。

那天夜里，他坐在书房的椅子上，望着窗外的星空一夜未眠。

他想起了自己的孩童时代：蹒跚学步的他拉着妈妈的手，颤颤巍巍地迈出了人生中的第一步；父亲在香山鬼见愁把自己高高举起，偌大的北京城出现在他的视野中。那个时候的他一边感受着父母浓浓的爱，一边观察着这个生机盎然充满神秘色彩的世界，内心是那么兴奋。

他还想起了学生时代。那时，他每天上学的路线都是固定的，作息时间是一成不变的，校园、教室和桌椅是单调的。但是，在越来越厚的课本中，在老师滔滔不绝的讲解中，在浩如烟海的互联网世界里，有人类文明复杂的科技树、波澜壮阔的历史长河，有开启宇宙的神奇钥匙……这一切对他充满诱惑，他如饥似渴地在知识的海洋中畅游……然后，他发现世界变得越来越小，越来越简单。他，一天天壮大了。

终于有一天，他发现，自己没有什么可学的了。不知不觉间，人类几千年的积累都印在他的脑海中，他已经站在了人类文明的顶端。而他的求知欲还是像嗷嗷待哺的孩子一样，似乎永远都喂不饱，于是他开始孤独前行。

目标就在远方，脚下的路似乎有千万条，可只有一条是正确的，如何找到这条正确的路呢？没有办法，只能一条一条地去试！有的路没走多远便断绝了；有的路看上去宽阔笔直，走到尽头才发现脚下是万丈深渊；有的路看起来直通目标，但走起来却迂回曲折，始终到不了跟前；有的路布满荆棘，需要翻山越岭、跋山涉水……

他风餐露宿，他披荆斩棘，他承受着一次次危险，一次次失败，一次次绝望。当然，也一次次享受成功的喜悦。

他的追求与别人不同，恋爱、结婚、生育、美食、娱乐、社会活动，职位的升迁，荣誉的光环……这些都无法让他感到快乐与满足。他降生人间唯一的目的似乎只有一个：在求知欲的催促下，一步一步地去探索这个世界的真相。无论路有多么艰难，他都必须义无反顾地走下去。

这是一条不归路，不允许退出，不允许停滞，要么抵达终点，要么倒在前进的路上！

这就是小明的命运！

十三、一粒沙

苏丁丁望着白发苍苍的老人，心头泛起一丝苦涩，沉吟良久才说：“我一直以为，只有像我这样的小人物才会饱受命运之苦，没想到您却承受着另一种更残酷的折磨。”

“我相信，每一个生命的诞生都是一个奇迹，每一个生命也都有自己存在的意义。我们切莫因为一时的挫折而错过了生命的美好。”老人深有感触地说道。

苏丁丁思考了一阵老人所说的话，认同地点点头，然后问道：“我记得您只当了一年院长便辞职了，以后就再没有您的消息了，那么您后来……”

“辞职后，我一个人来到贵州克度镇，在一个小别墅里过起了隐居生活。每天大部分的时间就是望着远处的FAST大锅发呆，偶尔会照顾一下院子里的花草，大概一周与家里人进行一次视频通话，与妻子和女儿互动一下。”老人说道。

“您什么也没做？”苏丁丁有些意外，“您在刚才那个故事里描绘的小明一直在命运的督促下飞奔，根本无法停止，那您又是怎么让自己停下来的呢？”

吕天明知道苏丁丁在想什么，淡淡一笑，说：“我没有停下来，我只不过是在想一个问题。”

“什么问题？”苏丁丁问道，他心中已经有了几个答案，却不知老人的选择。

“我的目标是什么，”老人回答，“从懵懂伊始，我一直被冥冥中的命运指引着，孜孜不倦地学习，废寝忘食地研究……我一度以为前方的目标就是终点，但是每攻克一个难题，新的目标就又出现了……既然我的每一项研究成果都不是终点，它们似乎都在为什么做着铺垫，那么……我的所有作为必然有一个终极目标，如果不把这个搞清楚，我恐怕永远也无法完成命运赋予我的使命，也永远不可能得到解脱。”

“您一定已经得到答案了。”苏丁丁说道。

“是的，花了六年时间，我终于有了答案，至少我自己是这么认为的。”老人说道，眼中流露出一丝自豪。

苏丁丁愕然，眼前这位超级天才，从小学入学到大学毕业只花了五年时间；拿下医学和天文学领域内的四个博士学位，加在一起也只用了四年时间。克隆心脏一年，血管修复术两年，暗物质研究两年，土卫六基地拟真一年，没想到思考一个问题就用了整整六年时间。

吕天明继续说道：“得到这个答案之后，我终于明白了，自己半生的研究都只不过是这个答案的一部分，而且是微不足道的一小部分。我的路还很长很长，长得看不见尽头，长得看不到希望……”

苏丁丁终于忍不住问道：“您的答案究竟是什么？”

“我降生的使命，我生命的所有意义，我无论如何也要达到的终点，就是……”吕天明的眼睛在刹那间突然变得明亮起来，声音也有些颤抖，“就是去创造一个新世界！”

听完老人的回答，苏丁丁有些晕。他一开始没明白是什么意思，当他意识到其中的含义之后，原本崇拜的目光迅速变为审视、怀疑、迷惑。他想起了大师兄蔡杨。在那次失败的记忆互联实验中，大师兄突然扯掉了身上的诸多传感器，两眼放光，语无伦次地高呼自己看到了未来。

老人看到苏丁丁的表情，摇摇头，笑道：“你一定以为我疯了。是的，得出这个答案之后，我也以为自己疯了，但是理智告诉我，我没疯。”

“可是——可是……”苏丁丁竟然变得有些结巴起来，“那是不可能的，这不科学。”

“没有什么是不可能的。我们可以怀疑，但是不能轻易地去否定。”老人认真地说，“其实，换个角度来思考，创造一个世界并没有那么难。佛经里说：一花一世界，一木一浮生，一草一天堂，一叶一如来，一砂一极乐。虽然指的是修行，是心境，但是如果我们从微观的角度来看，一粒沙未尝就不是三千大世界。比如说，一个孩子诞生了，那么从物质的层面讲，一个生命就是一个复杂的自成体系的世界。也就可以说，一个全新的世界诞生了。以此类推，一株小草伸出了嫩芽，一只小鸡啄破了蛋壳，一座房屋盖起来了……同样都可以视为一个新的世界出现了。”

苏丁丁想了一会儿，点点头，说：“这么说，您所需要解决的问题早在千年前就在宗教里找到答案了。”

“可是，如果细想起来，问题又没那么简单了。”老人苦笑着说，“前面所说的，全部都是在现有世界的基础上衍生出来的，小草没有大地的滋养就无法成长，孩子没有母亲的养育就不能存活，人类没有地球的承载也无法存在。用宇宙全息论的观点来衡量，它们自身既是一个世界，但同时又是整个宏观宇宙的一部分。那么，无论我创造了什么样的世界，同样属于现在这个世界的一部分。”

苏丁丁沿着吕天明的思路想了半天，越来越糊涂了，只得无奈地说：“老人家，我只能说，天才的世界，我这样的无知小民实在是搞不懂。”

吕天明似有深意地看了看苏丁丁，说道：“也许，很快你就能发现自己的价值有多么巨大了。”

苏丁丁听罢无语，自己？价值？如果把这两个词加在一起，那么等号之后的词应该是轻若鸿毛。自己来到这个世间后就不知道自己的父母是谁，连想念都无从谈起。后来，苏阿姨很疼自己，但是与自己的亲生闺女比起来，自己就又变得微不足道了。然后是刘小雨，结果小雨嫁人了。再然后是导师、大师兄、一干同事，现在他们要么死去了，要么在精神病院，自己又如弃婴一般被丢弃在这个世界上。苏丁丁忽然觉得，按照吕天明的分析，也许自己就是一个独立的世界。与身处的这个世界格格不入，无法融合，不被接纳，永远受排斥。

这么一想，苏丁丁忽然觉得似乎冥冥之中，自己与老人产生了那么一丝似有若无的联系。他不禁对老人的想法产生了兴趣，于是问道："虽然您得到了答案，但是看上去却遥不可及。那么，您后来是如何去做的呢？"

"坦白地讲，对于当时的我而言，一点办法也没有。我大脑里所有的知识，以及后来所有的研究成果，在今天看来，都是在探索这个世界的真相。事实上，我的所有知识，对于这个宇宙来说，简直连沧海一粟都算不上。即便穷尽我的一生，也不可能了解宇宙的本质，那么……"老人摊开手，说道，"我又何来去创造一个类似的世界呢。"

"坦白地讲，我认为这是天方夜谭。"苏丁丁说道。

"可是，我又必须去做，这是我生命的意义。"

"是的，这是您的命运。"苏丁丁边点头边说。

"于是，我又花了两年时间来思考该如何去了解世界的本质。"吕天明说道，"首先我想明白了一件事，按照以前的办法去做肯定不行。一个人的生命有限，能力也有限，我必须把复杂的事情简单化。就像在数学领域，我不必考虑圆周率那样的极精确数字，或者各种复杂的算法，我只需要解决 0 到 1 的演化。从宏观角度来说，我不用穷极整个宇宙，因为亿万光年之外的世界，在构成上也许与我们这个世界相差无几，我只要关注视野之内的世界就可以了。构成世界的基本粒子，也同样不需要穷尽。我相信，追究下去也必然没有尽头，我只需要搞清楚构成这个世界的基本物质就可以了。你猜，最终我得到了什么？”

“什么？”

“一粒沙。”

老人张开一只手掌，可他的掌心里却什么也没有。但是，苏丁丁明白老人的意思，在那空无一物的掌心，也许落着几粒看不见的沙。

吕天明继续说道：“你是不是觉得我又到了精神崩溃的边缘？是的，一粒沙，无论宗教还是哲学，都已经从自身的角度阐释了世界的本质。但是，哲学抑或宗教，它们本身不就是人类文明的一部分吗？现在，我用自己的半生时间又回到了原点。一粒沙，你也可以认为是原子或者质子，但是没关系，那不过是不同尺度的名称罢了。我们姑且认为，构成世界的基本单位就是沙，当然，此沙非彼沙。”

“我想，您述说这些东西即使我能想明白，也肯定不是您所理解的意思。不过我还是认为，你花费几年时间所解决的不过是个名词，或者说概念问题。”苏丁丁有些失望。他有些明白老人为什么这些年来默默无闻了，也许就像晚年的牛顿一样，当天才遇到了自己永远也无法阐述的难题后，他们就会迷失在自己所构筑的世界里。

老人觉得苏丁丁有些不耐烦，或者说是对自己的想法产生了强烈的怀疑，于是说道：“好吧，年轻人，无论你对我的话感到多么无聊，还是请耐心听下去吧，就当是对我这个老家伙的最后一点尊重吧。”

苏丁丁没想到吕天明看穿了自己的心思，不禁有些惶恐，他不好意思地说：“老人家，以我对您的尊重，无论您说什么，我都会一直听下去的。也许是您讲得太深奥了，有些东西我不一定听得懂。”

老人沉默了一阵，发出一声叹息，说：“我的时间不多了，你就当是我在这个世界上最后也是唯一的聆听者吧，谢谢你。”

听着老人郑重的请求，苏丁丁认真地点点头。

“好吧，我接着说，哦……我说到哪儿了？”老人拍拍额头，连连说道，“岁数大了，岁数大了。”

“一粒沙。”

“对，一粒沙。在我四十三岁那年，得到了构成世界的基本单元——一粒沙，就是这么一个简单的答案。多少个日夜，我在冥思苦想中煎熬；又有多少次，我在精神病与正常人之间游走，连我自己也一度怀疑自己患上了妄想症。最后，我终于确定，剥去万千谜团，勘破世间万物，真相就是一粒沙！”说到这里，老人的腰不觉挺直了一些，脸上的皮肤也在灰白中泛起一丝红晕，“我终于迈出了第一步，虽然仅仅是开始，但是这很重要，因为我踏上了一条正确的路。这六年时间是值得的。

“那么，接下来该怎么做呢？摆在我面前的有两道难关，与它们相比较起来，一粒沙的问题就显得太简单了。”吕天明看着苏丁丁，但是苏丁丁知道，老人的思绪已经完全陷入了自己的世界之中，“第一道难关：如何用无数粒沙构建起一个新世界。这个世界可以很小，可以很原始，但是它一定要具备几个特征：它要有自身运转的法则和规律，它要能够在没有外来能源供给的情况下独立存在；最后，它必须拥有可以自我修复、持续演化的能力，直至成为一个和我们这个宇宙一样的世界。

“至于第二道难关，就是构成世界的一粒沙，不能是我们这个世界的物质。否则，当我的世界建立之后也就成了我置身其中的这个世界的一部分。当然，这个问题看起来没有那么难。暗物质不与我们这个世界产生任何反应，反物质与正物质相互湮灭，可以构成与现存世界相反的世界。这两种物质都可以用来作为我的世界的一粒沙。可是，现代科学虽然证明了这两种物质的存在，却不是人类触手可及的，至少在我的有生之年没有人量接触这些物质的可能。所以说，这道难关看起来容易，却是现实中的我最难克服的。

“好了，我终于确定了目标，建立起了模型，虽然看起来像天方夜谭，但这确实是一件值得庆祝的事。我回到北京，和家人团聚了一段时间。小颖十六岁了，正在读高二，已经出落成亭亭玉立的美少女了。她没有遗传我的智商，这让我很高兴。秀文变得有些老了，岁月的刻刀在她眼角留下了皱纹。想起来，我们两个人在一起的时间并不多。这个家，大多数时候是她一个人在支撑，好在她是一个性格开朗的人，并没有因为我不在而郁郁寡欢。这一次，从一个不经意的眼神，一次例行公事的拥抱中，我却体味到一种从前所没有的感觉，那是淡淡的离愁，是默默的思念，是由此而产生的似有若无却割舍不断的亲情……

“我在家里住了将近一年，直到命运的督促越来越强烈。我知道，自己必须走了。走的那天，秀文正好在开画展，小颖也在上课，家里没有人，空落落的，了无生气……

“现在想起来，那段时间或许是我人生当中最幸福的一段时光。”老人的情绪有些低落。他侧过脸，把目光投向远处，那目光似乎穿过了层层墙壁，穿过了时空的限制，来到了那个空荡荡的家。母女二人的身影逐渐清晰，她们在交流、在生活……“再回到那里，已经是三十年后了，时间让一切都变得物是人非，那个家已经不存在了。”

吕天明沉默下来。过了许久，他挥了挥手说道：“不说这些了，我们回到正题……我又回到了贵州克度那栋小别墅，开始着手解决第一道难关：如何构筑一个世界。我首先在别墅后院建造了一个拟真实验室。这个实验室不大，只有三十多平方米，两米厚的混凝土层和整体焊接的球形钛合金隔舱使之与外界完全隔离。所有进入实验室的物品都要经过专用气阀室和四道洗消程序，实验室内部是真空环境和一些初始物质。换句话说，我模拟了一个宇宙初开时的蛮荒环境。

“接下来，是如何让世界从虚无中产生，并进入自我演化阶段。”吕天明停顿了一下，整理了一下自己的思路，继续说道，“《创世纪》

里写道:“神说，要有光，于是就有了光。”中国的神话里也有盘古开天辟地的传说。其实，它们都是在描述从量变到质变的状态。那个时间为零的临界点，之前是洪荒虚无，之后宇宙初开，万物繁衍。像这样模拟宇宙诞生的实验,在科学界已经做过无数次。各种层级的方案、探索的方向、获得的成果，数不胜数。借鉴这些前人的经验，我的研究进行得很顺利。差不多用了两年的时间，我在拟真实验室里已经建立起了一个完全独立运转的人造世界。这个成果后来得到了应用，也就是前些年的火星移民基地。现在基地运转良好，已经不需要地球的补给了，并且规模还在不断扩大。

“进行到第三年的时候，创世实验被迫中断了，因为我发现有一些问题如果不解决，那么这个实验就没有进行下去的必要了。首先，虽然做了最高等级的隔离,但是实验还是受到了我们自身世界的影响。如果这些影响不可避免,那么得到的结果也必然与现实世界产生联系，于是乎它也就成了现实世界的一部分。其次，虽然实验的方案是我制订的，也是我亲手点燃了创世之火，但是这个世界一旦进入演化，就再没有我什么事了。我成了一个旁观者,无法干预,不能影响。那么,这还是我创造的世界吗？它和其他的世界又有什么区别呢？不，这不是我想要的！最后，即使实验成功了，一个世界的雏形诞生了，但它显得太简陋，也太微不足道了！不要说我的有生之年，即使几十亿年以后，也不一定能演化成现在这个世界的样子，可是我根本没有等待的时间。”

“稍等一下，”苏丁丁忍不住打断吕天明，问道，“您是说，您要在有生之年创造出一个和地球一样庞大的世界？”

老人点点头，迟疑了一下，又摇摇头，说道：“对，又不完全对。或许地球小了些，至少要达到一个完整的星系。”

“好吧，您继续。”苏丁丁的声音显得有些颓然。

“虽然理智告诉我，这不可能，但是我的直觉，以及冥冥之中命运的指引，都让我认为我可以实现。它们在我前半生的经历中从来没错过。”老人解释道。

苏丁丁无力地点点头，没有说话。

吕天明看了苏丁丁一下，决定继续说下去：“经过半个月的思考，我发现，以现在人类文明的发展程度，即使我在理论和实践中产生多次重大突破，也不可能实现我的目标。我错了，从一开始就错了。

“我关闭了实验室，进入了长时间的思考阶段。一天、两天、一年、两年，时间就像进入了光速期，眨眼之间四年就过去了，还是一点头绪都没有。然后在那天夜里，我做了一个梦——我梦见了满天灿烂的星光，梦见绿意盎然的平原，梦见绵延不绝的山脉，梦见川流不息的车流和庞大的城市，它们都在一道淡蓝色光晕的笼罩下和谐而自然地存在着。随后，它们逐渐转化为不同的色彩，这些色彩慢慢靠近，交织在一起，看上去仿佛一幅色彩斑斓、光影绚丽、意境深远的画……

“梦醒之后，那幅画的内容已经从我脑海中淡去了，但是我从中明白了一个道理：我所要创造的新世界，不是模型所能够拟真的，也不是现代科技可以描述的，甚至不是人类文明所能够承载的。它不能说，不能用定律表达，不能用文字记载，不能被文明传承……

“我离开了别墅，走入了茫茫人海之中，没有行李，也没带电话，只有一些零用钱和一张身份证。只是我没想到，这一走，就走了那么久。

“我没有在一个地方定居，而是不停地旅行。累了，就停下来；厌了，便去下一个地方。我没有目标，只是随心所欲地行走。是的，是步行，一步一步地往走前。没有交通工具，哦，不，有几次上海岛还是乘船了。渐渐地，我的足迹遍及大地、山川、河流、戈壁、平原……

“那些年，也就是我五十岁之后的所有时间，我只做了一件事。”老人忽然对着苏丁丁露出孩子般顽皮的笑容，有些得意地说道，“你猜，我做了什么？”

苏丁丁想了想，带着歉意摇摇头。

“画画儿，是画画儿！”老人把这个词重复了两遍，“开始的时候，我用铅笔或者钢笔在笔记本上画，后来用水彩，最后用油画颜料，也慢慢添了专业的画布和工具。没有老师，我也没有学过画画的基本技巧，只是随心所欲地画，看到什么画什么，想起什么画什么，走到哪儿，画到哪儿。

“起初的时候，画得很拙劣，画什么都不像，画人不像人，画山不是山，画水不是水。不过熟能生巧嘛，慢慢地，画得就有模有样了。然后，画中的人物有了一丝神韵了，再然后，画中的意境逐渐浓郁……”

说到这里，吕天明问苏丁丁，“你是不是认为，凭借我的天才，是不是很快就可以成为艺术界的大师了？”

“我不会感到吃惊的。”苏丁丁笑了笑说道，“奇迹发生在您身上，似乎是件很寻常的事情。”

“我也曾经这么认为，但是这一次，我错了。我的技巧日臻熟练，但是我的画并没有特别出色。每当完成一幅得意之作，还没欣赏几天，我就觉得漏洞百出，需要完善的地方太多，要提高的地方也太多。于是，我的画又开始变得简单，变得什么都不像，而后再次有了模样，有了神韵，有了意境。如此反复，反复，再反复。那些年里不知道反复了多少次，直到现在，我也没有画出一幅令自己满意的画。

“后来，我流浪画家的生涯结束了。那天，我借宿在甘肃天水的一户人家，吃晚饭的时候，在电视上看到了秀文的讣告。我的妻子在一天前去世了，享年 72 岁。我这才意识到，恍惚之间，竟然过了这么多年。

“感谢现代社会发达的交通，让我得以在第二天中午赶上了秀文的追悼会。相别三十年后，我见到了自己的妻子，只是当时她静静地躺在棺椁中，不能表达她的伤心和埋怨。我还见到了小颖，这个在我印象中还是少女的女儿已经结婚生子，步入中年。我也见到了许多老同事，虽然他们的数量少了许多。

“那天晚上，我抱着秀文的骨灰盒一夜未眠。

“我想起了第一次见到秀文的情景。当时我坐在 798 艺术区的一个咖啡馆里，脑海里回想着刚才看过的画展，一幅《山野间行走的女孩》让我印象深刻。正想着，就看到画中人竟然推开咖啡馆的门，微笑着向我走来。我一时大惊失色，咖啡洒在衣袖上也没察觉。后来我才知道，那幅画本来就是秀文的自画像，就这样闹了一个笑话。

“我还想起了第一次双方父母见面一起吃饭的情景。那天吃饭中途我去了一趟卫生间，结果在这个时候忽然有了一些想法，便径自跑回实验室了。要不是顶着天才的诸多光环，秀文的父母恐怕死活也不会同意把闺女嫁给我这个书呆子。

“想起了我们第一次吵架。她站在门口，看着甩门而去的我，失声痛哭。

“想起了小颖刚生下来的时候。那时，秀文额头上爬满豆大的汗珠，一双大眼睛里满是哀怨。可是当护士把襁褓中的孩子抱到她眼前时，哀怨又化为了满满的母爱。

“想起了……

“我们结婚四十八年，差不多是金婚了，可是我们在一起生活的时间却只有四年。她每天晚上辅导孩子学习的时候，我不在；事业陷入低谷，需要人陪伴的时候，我不在；甚至在父母去世的时候，我也不在，一直是她在替我尽孝。我们甚至没有一次促膝长谈，没有一次像样的旅行……现在想起来，我亏欠她的实在是太多了。我总想着有一天能够补偿，谁知道转瞬间，她就变成了一坛骨灰。

“打骂也好，发脾气也罢，总好过永久的寂灭。”

“或许是年纪大了吧，”老人接着说，“快天亮的时候，我反而睡着了，然后我又做了一个梦。我梦见秀文从远方向我走来，开始时还是一个蹒跚走路的小女孩，走着走着突然就变成了少年、青年、中年，走到我面前的时候已经变成了白发苍苍的老人。而且，她出现的地方是一片虚无。随着她的脚步，一片苍茫的平原在她脚下出现，并且飞快地向四周延展。然后，一座座青色的山脉拔地而起，一条条银亮的河流蜿蜒而去，一株株小草迅速覆盖了大地……刹那间，我终于明白了，我的画为什么无论画得多么完美，也总像缺少了点什么。那是创世的第一缕光，是生命的第一次呼吸，是人海中的那一次回眸……

“我回到了贵州克度的那栋小别墅，坐在书房靠窗的画布前。几十年对人生的感悟和画技的锤炼，已经为我梦想中的那幅画——那个属于我的世界——积累了足够的素材和技巧。现在又有秀文带给我的天启，那幅画已经在我的脑海里点滴汇聚，逐渐清晰起来。我所要做的，就是坐在画布前默默等待，等待它融会贯通，瓜熟蒂落，等待着将它呈现在画布上……

“没想到，这一等就是十四年。它在我的脑海里时而清晰，时而模糊，时而圆满，时而有缺。多少次，我以为抓住了那稍纵即逝的契机，但是提起的画笔却从来没有落下。十四年过去了，画布上还是一片空白。

“三个月前，我的肺部检查出了癌症，而且已经扩散，没办法通过手术治疗，没有靶向药，只能化疗。换句话说，我的生命开始进入倒计时。我放弃了治疗，也放弃了梦想。我一生所追求的，看来只是镜中花，水中月。我仍然每日坐在画布前，但是不再幻想着能够画出那幅画，我只是想让自己的生命消逝在通往梦想的路上。

“谁知道……谁知道，两天前的那个夜晚，和我经历过的那些夜晚没有什么不同。它降临了，它似乎只是一些简单的线条，又似乎囊括万物。它缓慢旋转或者蠕动着，从虚无中诞生，在我的眼前凝聚。我抓起画笔，它就凝聚在笔尖，然后在我的挥动下，一点点在画布上展开。”

“您画出了那幅画？或者说，您用画笔创造了一个新的世界？”苏丁丁不可置信地问道，他虽然在听老人诉说，但是根本不认为他会成功。

“是的，我画出了那幅画，但是……”老人的声音无悲无喜，“但是第二天，我再去欣赏那幅画的时候，却发现画布上还是一片空白。”

苏丁丁一愣，脱口而出：“莫不是，您又做了一个梦吧？”

“不是，绝不是。”老人摇头，态度坚决，不容置疑，“那绝不是梦，我确实画出了那幅画。”

“那幅画的内容是什么？”苏丁丁问。

“不可名状，无法形容。”

“也许它也不能被记录，不能被承载，不能被画出。”苏丁丁道。

老人的眼睛突然一亮，焕发出了然的神采，说道：“也许吧，但是我确实画出了那幅画。”

十四、坠落

吕天明来找苏丁丁，是为了做一次记忆追溯。他自觉留给自己的时间不多了，也知道不可能再画出那幅倾尽毕生精力的画，所以他希望通过记忆追溯，把脑海里的画记录下来。希望有一天，记忆研究获得突破之后，可以通过这段记录，将那幅画还原出来。为了让后来人知道这件事的前因后果，这才有了和苏丁丁的这一次长谈。事实上，这是他第一次，也是最后一次向另一个人袒露心声，就连杜秀文也没有享受过这样的殊荣。

苏丁丁对吕天明的叙述持强烈的怀疑态度。他一再告诉自己，老人是国家科学界的泰斗，自己的偶像，不该去怀疑。可是，老人的话太过匪夷所思，已经不是现代科学所能够诠释的，完全是幻想和神话的混合物，让自己如何去相信？

当然，他无法拒绝老人的要求。

第一次追溯从事发当天的晚上十一点，也就是吕天明进入梦境开始。分析显示，老人的身体指征处于静止状态，但是思维波动却在剧烈起伏中。这证明老人确实处于梦境之中，并且梦中的景象对老人的大脑思维造成了强烈刺激。

四十分钟的追溯结束，休息一个小时后，老人要求进行第二次追溯。

记忆追溯的时间严格限制在四十分钟。这是以生命为代价积累出的红线，一旦超过这个限度，被追溯者的身心都将受到严重损伤。死亡、脑细胞坏死、精神分裂、植物人……后果不一而足。

两次记忆追溯的间隔也不能低于二十四小时，否则一样会对被追溯者造成不可逆的损伤。

老人说道：“我就是搞研究的，这类实验都是有容错度的。我的时间不多了，你放心做吧。”

苏丁丁劝说未果，于是开始第二次追溯。

在六分零七秒的时候，吕天明的运动指数开始上升，同时大脑的思维指数也在不断攀升，然后……就没有然后了。所有数值陡然间上升，突破了记忆记录仪的极限高值，接着显示界面凝固，分析软件死机。不，电脑并没有死机，屏幕上的时间数字还在跳动，而服务器突然发疯了一般运转起来，证明还在记录着什么，只是记录仪已经无法进行分析了。

苏丁丁看着眼前的一幕，目瞪口呆。自从记录仪发明以来，还从来没有出现过这种情况。

他试图重启电脑，但是无论开关键还是重启键都没有反应。他看了看生理监视仪，老人的生理指征虽然在高位，但是却没有超出正常范围。他不敢贸然中断记忆追溯，那样做的后果对老人来说很可能是灾难性的。

他思考着应急方案，想来想去，他发现自己除了在一边看着外，什么也做不了。

究竟发生了什么，是病毒入侵？不太可能，作为曾经辉煌过的记忆研究所，它的防火墙可是世界顶尖级的。是吕天明突发疾病？可是他的生理指征还算正常啊。渐渐地，一种可能的猜测指向了那个他认为绝不可能的事情：难道记录仪真的是在记录那幅画？

四十分钟过去了，记忆记录仪又莫名其妙地恢复了正常。老人苏醒后，看到了苏丁丁古怪的表情。

“我又看到了那幅画，谢谢你。”吕天明说道。

苏丁丁摇摇头，说道：“不用谢，很多人在记忆追溯的时候，都说看到了自己最在乎的东西。”

“怎么样，记录下来了吗？”老人有些惶恐。

苏丁丁点点头，随即又摇摇头，说：“记录仪确实存储了数据，而且数据量非常大，不过……我不知道这算什么。”

他打开分析软件，前六分零七秒，各项数据记录正常，但是在这之后，却是一片空白。

“没有记录下来？”老人的声音有些颤抖。

苏丁丁操作电脑，调出了一个数据包，说道：“这就是之后记录的数据，并且数据量非常大，已经占据了数据库容量的三分之一。只是数据包内全是乱码，没有任何规律，根本无法解读。”

“就是它，一定就是它。”老人固执地坚持着，随之亢奋起来。

“即使您说的是对的，”苏丁丁想了一会儿，说，“从您所供述的情形看，它不能被记录，不能被承载，不能被画出，所以即使追溯仪记录下数据，也不可能被解读。无论是现在还是将来，都只能像您书房里那幅空白的画一样。”

吕天明在地下二层的记忆所里逗留了四天，到了吃饭的时间，敲门声就会响起，然后有人送来丰盛的饭菜；到了睡觉的时候，有人抬来了一张折叠床。苏丁丁开门的时候，看到门两侧始终站着几个军人。

在这段时间里，老人又进行了四次记忆追溯，直到他大脑里的那段记忆被完整记录下来。

苏丁丁很是无语，被记录的数据量之大，远远超出了记忆所服务器的容量，他不得不调用了国家数据中心的云服，但是这些数据又只是乱码。最后一天，老人联系了上面，调来六台排名世界前列的超级计算机对这些数据进行了一次运算，在吞噬了相当于两座 6000MW

核电站的能量后，得到的还是乱码。

吕天明似乎并没有失望，甚至有些亢奋，也许那块空白的画才是他的噩梦，现在的结果已经超出了他的预期。又或者是因为他用一生时间所创造的新世界不再被当作虚幻，甚至得到了某种证明。

第五天凌晨一点钟左右，最后一次超级计算机解读未果，老人起身告辞，苏丁丁没有挽留。他看得出来，记忆追溯对身体的损伤，已经让老人到了灯枯油尽的地步。

老人走的时候，身体已经非常虚弱，在两名军人的搀扶下，步履蹒跚地离去。

苏丁丁望着老人佝偻的身影消失在电梯门口，心底好像被什么触动了一下。

他返身回到房间内，坐在椅子上。夜已经深了，但是他一丝倦意也没有。他回想着这些天来和老人的接触，吕天明的一生在他的脑海中一一呈现。

一直以来，苏丁丁可都觉得自己是个无足轻重的人，他除了自己的生命之外一无所有，这种感觉在小雨结婚后变得更加强烈。于是，他不忍面对现实，任由自己消沉下去。而老人的出现改变了这一切，他的奋斗历程触动了苏丁丁，就如在苏丁丁的生命中照进一束光。

于是，苏丁丁的生活轨迹出现了转折。

手机响了。

放在办公桌上的手机，在午夜一点半，响起了来电铃声。

手机屏幕发出蓝色的幽光。苏丁丁看着手机有些发愣，自己的手机十天半月不响一次是很正常的事，又有谁这么晚来电话？

他拿起手机，屏幕上显示着：苏阿姨，一个既熟悉又陌生的号码。

接通电话，听筒里传来苏阿姨的声音：“是丁丁吗？”

“我是，苏阿姨好。”

“睡了吗？”

“还没有。”

“小雨出了些事情，你……过来一趟吧。”

“哦……好吧，去家里吗？”

“不是，在安贞医院急诊科。”

“怎么，小雨出了什么事？”苏丁丁的声音陡然提高。

“几句话说不清楚，你最好现在过来。”

挂断电话，苏丁丁连忙换上义足，抓起手机和车钥匙，冲出门去。门口竟然站着两个军人，二人对苏丁丁的出现没有任何反应，只是一动不动地守在门口。苏丁丁也顾不得询问，径直跑向电梯。

刚出电梯，苏丁丁就在车库里摔了一跤，打开车门时又磕破了嘴角。连续几次扭动钥匙，总算是打着了火，开出车位的时候，又把右侧的车剐了。

212 吉普冲出科学院的大门，来到公路上。

公路上空空荡荡的，一辆车都没有，道路两旁的路灯寂寞地散发着光芒。路口的信号灯在红黄绿之间机械地变换着，城市的轮廓被星光勾勒出来。

车子在宽阔的路面上飞驰，表速升至100公里／小时，早就超过了限速，并且一连闯了两个红灯，但苏丁丁丝毫没有察觉。他的脑海里一片混乱：小雨出事了，究竟出了什么事？在安贞医院，难道是病了？苏阿姨电话里的声音听起来似乎很平静，但是她的尾音却是颤抖的，这说明她一定很慌张。况且，没有什么大事，苏阿姨断然不会这么晚给自己来电话。要知道，他们已经四年多没有联系了，难道小雨出车祸了……

在他胡思乱想的时候，212吉普穿过怀柔城区，沿着京承高速，又拐上三环路，从安贞桥西进入匝道，右拐进安贞路，而后在停车场戛然刹住。

两辆闪着蓝色警示灯的救护车停在急诊科门口，其中一辆看似刚刚抵达。病人躺在担架上，用车向医院转运，家属、医生、护士围在周围，显得乱糟糟的。

外面一片漆黑，急诊科里却灯火通明，人满为患。患者或在床上昏睡，或痛苦呻吟，或神情木然；医生和护士都忙碌着，连走路都是一路小跑；家属都在旁边的等候区，或立或坐，时不时还会传来低低的抽泣声。

在急诊科里转了一圈，没找到苏阿姨，苏丁丁乘电梯来到三层的手术中心。在走廊里，他就看到远处手术室门上方“手术中”的警示牌亮着，还看见了站在门边的苏阿姨。

苏丁丁快步上前，苏阿姨看到他后迎了几步，一把抓住他的手，开口说了句："小雨，小雨她……"然后就哽咽着说不下去了，眼泪也跟着落下来。

苏丁丁没有说话，轻轻拍拍苏阿姨的背，搀扶着她在等候室的椅子上坐下。在这里，他看到了刘叔叔、柳若然，还有其他一些亲属。他和刘叔叔等一些认识的人点了点头，看到柳若然的时候，他同样面无表情地点点头。

柳若然一副失魂落魄的样子，看到苏丁丁也下意识地点了点头，然后又低下头去。

苏丁丁给苏阿姨倒了一杯水，等老人情绪稳定一些后，便问："小雨出了什么事？"

"小雨，小雨……她……她从楼上摔下来了……"才说了几个字，苏阿姨又抑制不住哽咽起来。但是，这几个字所包含的信息量，如同雷声一样在苏丁丁脑海中轰然响起，让他头脑一阵晕眩。在他的印象里，苏阿姨是个非常精干的女人，她在福利院里既是孤儿的严师，也是慈母；在家里也会把一切都打理得井井有条。可是，现在她的精神已然接近崩溃，可见小雨的意外有多么严重。

平日少言寡语的刘叔叔虽然表情凝重，但精神尚可。他叹息一声，说道："大概在夜里十二点，小雨从自家四楼的阳台上掉了下来，幸好落在一辆面包车的车顶上。救护车赶到的时候，她还活着，只是已经昏迷。现在手术进行了一个多小时，希望……希望孩子能挺过来。”

苏丁丁颓然坐到椅子上，陷入了沉思。他的眼里泛起了一丝泪光。过了一阵子，他猛然站起来，上前两步，一把抓住了柳若然。不知他哪里来的力气，竟然一下子把人高马大的柳若然从椅子上提了起来。

“你这个混蛋，你到底把小雨怎么了？”苏丁丁喘着粗气，吼道。他的眼睛圆睁着，白眼球上布满血丝，眼眶里噙满泪水。

柳若然挣扎着，却没有挣脱，他一脸惶恐地说道：“我——我怎么知道！她晚上喝了些酒，就一直念叨着活着没意思。到了夜里，她还是不睡。我一不注意，他就忽然不见了。阳台的窗户开着，冷风呼呼地往房子里灌。我探着身子向外一看，模模糊糊地看见她躺在一辆汽车的车顶上。”

“莫名其妙地，她怎么会跳楼呢！你究竟把她怎么了？”苏丁丁怒吼道。

“这恐怕……要问问你。”柳若然放弃了挣扎，任由苏丁丁撕扯着，脸上却露出怨恨的表情。

“这和我有什么关系？你们是夫妻，你要对她的幸福负责，这……这和我有什么关系……”苏丁丁松开了柳若然，言语间有些哽咽，声音中带着说不出的迷惘和委屈。

其他亲属纷纷上前，把两个人远远分开。

苏丁丁孤零零地坐在等候室的角落里，一动不动，像个木头人。

不知道过了多久，一个护士推开手术室的大门，走进等候室，匆匆问道:“患者大出血，血库里的血浆不足，亲属里有和患者血型相匹配的吗?”

诸人面面相觑，角落里，苏丁丁举起了手。

他跟着护士进了采血室，看着医生将针头刺进臂弯的静脉，红色的血液沿着透明的输液管缓缓流入了采血袋。

苏丁丁看着戴着口罩的护士，问道:“患者的情况怎么样?”

护士皱了皱眉，没有回答。

“放心，我也是大夫。”苏丁丁诱哄道。

护士沉吟了一下，说道:“患者大脑受到猛烈撞击，还处在昏迷中。她全身多处骨折，内脏多处损伤，还伴随着大量出血。现在生理指征还算平稳，但如果不能及时找到出血点并止住血的话，就不好说了。”

苏丁丁心头一沉，护士寥寥数语就勾勒出刘小雨目前正处于生死一线间。他抬头望向手术室的方向，目光似乎透过墙壁，看到了躺在手术台上的那个女孩。

400毫升的血采集完毕，护士匆匆走进了手术室。

二十分钟后，护士又走了出来。

“还需要?”苏丁丁问道。

护士有些为难地点点头。

苏丁丁撸起了袖子。

又是200毫升的采血量。

护士一边采血一边说道:“出血点找到了，大夫正在处理。”

苏丁丁心头一阵轻松，只要止住大出血，小雨的命就算保住了。

可是半个小时之后，护士再次来到等候室。这一次她没有望向苏丁丁，而是对着其他人说道：“患者还需要输血，家属里还有和患者血型相符的吗？”

几个亲属站起来，说道：“我们可以试试。”

几分钟后，几个人又失望地回到了等候室。小雨的血型是少见的ARH-血型，也就是俗称的熊猫血，大概几千人里面才有一个人与之相配。

苏丁丁说：“还是我来吧。”

护士拒绝道：“不行，你的采血量已经超了。再采，你也会有危险。”

苏阿姨表情复杂地看着苏丁丁，既心疼苏丁丁又担心小雨，一时不知该说什么好。

苏丁丁拉着护士向采血室走去，声音不容拒绝：“我有危险也是以后的事，可是不输血的话，小雨现在就会死。”

又是400毫升的采血量。

苏丁丁回到等候室的时候，脚步有些蹒跚，脸上也浮现出不正常的苍白。

苏阿姨连忙上前，扶着他坐下，然后拿出不知从哪里找来的面包和火腿肠让他吃，又递给他一杯热水。

苏丁丁摆摆手，他的心思都在小雨身上，此时一点食欲也没有。

原有的出血点被止住了，但是医生又发现了新的出血点。小雨的生理指征开始恶化，已经出现了一次心脏骤停，好在及时恢复了。此刻，死神已经站在小雨身前举起了镰刀。

时间一分一秒地过去，苏丁丁的心始终悬着。他知道那个时刻终将到来，只是他不知道是噩耗还是喜讯。

凌晨四点十分，手术室的指示灯灭了，所有人都站起身冲到手术室门前。

一个穿着手术服的大夫走出来，脸上带着掩饰不住的疲倦，问道：“谁是患者家属？”

“我是小雨的母亲。”苏阿姨上前一步。

“手术比较成功。患者的大出血止住了，但是仍处于昏迷中，后续情况还有待观察。”大夫说道。

“小雨会没事吧？”苏阿姨焦急地追问。

大夫摇摇头道：“患者的伤很重，目前还没有脱离危险，需要在ICU治疗几天后，才能得出初步结论。”

十几分钟后，浑身插满了各种管子和线缆的小雨，被几个护士推进了ICU病房。透过人群间的缝隙，苏丁丁看到了小雨那张惨白的面孔。

十五、沉睡

小雨在 ICU 病房住了十天。

苏阿姨两口子和苏丁丁以及柳若然在医院附近的宾馆租了三个房间，他们晚上睡在宾馆，白天就坐在 ICU 外面的长椅上等候。

小雨还处在极度危险中，根本不让探视，他们只能在外面枯坐。

柳若然拿着各种单据，跑上跑下办理各种手续。

苏丁丁负责在用餐的时间订外卖。

苏阿姨两口子呆坐在那里，一个低声抽泣，一个长吁短叹。

两天之后，两个老人实在坚持不住了，只得先回家，商量好每天上午过来两个小时。

苏丁丁和柳若然白天守在 ICU，医院下班后就回宾馆，两人几乎无时无刻不结伴而行，却始终没有任何交流。

苏丁丁在此之前只见过柳若然两面，初见时觉得对方是个如天使般阳光的大男孩，他那时就想，小雨若是嫁给这样的男人，定然会幸福。第二次见面是在地下二层的办公室里，柳若然在那里对他进行了无情、残忍的毒打，让他仿佛看见了一个恶魔。

在苏丁丁的认知里，天使与恶魔这两个形象是无论如何也联系不到一起的，但是他们却真实地在一个人身上呈现出来。

他知道柳若然有两副面孔又能怎么样呢？自己只是个无依无靠的孤儿，而对方却是小雨的丈夫。他感到自卑又无奈。

苏丁丁最终选择了沉默与躲避。为了小雨的幸福，他宁愿忍受欺侮和委屈，只想躲得远远的在心里默默地为小雨祝福。然而造化弄人，让他再次见到了柳若然。其实柳若然这两天的表现确实像一个尽职尽责的丈夫，但是苏丁丁的心里却没有对他升起一点儿好感。

小雨进入 ICU 的前三天，病情出现了四次反复。每一次都报了病危，好在这个看似柔弱的女孩都奇迹般地挺了过来。之后几天，她的病情逐渐平稳，终于度过了危险期。

第十一天，小雨转入了普通病房。

出了 ICU 只代表脱离了危险期，小雨的状况并不好。从出事那天直到现在，她始终处于昏迷状态。她的肢体多处打着石膏，像穿着厚重的盔甲。她的表情很平静，但脸色很苍白。她的手腕上打着吊瓶，手指伸展着，修长而无力。

小雨的病历上详细地记录着她受到的伤害：颅骨受撞击凹陷，颅内的血块经开颅手术已取出；内脏多处破损，出现大出血，脾脏被摘除；骨盆粉碎性骨折，两节脊椎压缩性骨折，右臂和右腿骨折……

看到这份病历，苏阿姨失声痛哭。刘叔叔一边劝她，一边也跟着流泪。二位老人这些天备受折磨，已经到了崩溃的边缘。

苏丁丁知道，即使小雨痊愈，下半生也只能在病床和轮椅间度过。

柳若然面色惨白，呆若木鸡，嘴里不断念叨着什么。

苏丁丁很平静，在他的心里，小雨还是那个小雨，永远都不会改变。

现在，他终于可以天天看到小雨了。他坐在床边，一动不动地看着她，一坐就是一天。

其实，苏丁丁除了坐在那里，也做不了什么。小雨还无法进食，要依靠营养液维持生命，生理问题由苏阿姨或者柳若然进行处理，每到这时，他还需要回避。不过没关系，反正他也没什么事可做，他有的是时间去消耗，去静静地看着昏迷中的小雨。

时间一天一天过去了。

这件事情也渐渐归于平静，人们开始适应新的生活节奏。

苏阿姨和刘叔叔每天在上午和下午分别来到病房探视，苏丁丁和柳若然坐在小雨窗前整日守候。

苏阿姨想要苏丁丁回去工作，还想告诉他偶尔来一次就可以了，犹豫再三却说不出口，暗示了几次，苏丁丁也无动于衷。于是，她暗自叹息一声，不再提及。

这两个孩子从小就在一起，早就暗生情愫，只是在她的严防死守之下，才没有进一步发展。前些天看到苏丁丁不顾自身危险，为小雨一再输血，再联想小雨婚后的遭遇，她不禁怀疑，自己当初的决定是正确的吗？

一个月过去了。

小雨的脏器损伤基本痊愈，呼吸插管和监测器也已经去除，虽说脸色有些憔悴，却泛起了淡淡的红晕。她静静地躺在那里，像睡着了一样。骨折部位的恢复还需要较长时间，但是小雨术后状况良好。一切都似乎在向好的方向发展，但随着时间的推移苏丁丁却逐渐不安起来，因为小雨迟迟没有苏醒。

说到对人类大脑的研究，苏丁丁可以算是国内顶尖的专家了，医院里的大大恐怕都要甘拜下风。可是，他越是懂，就越是担心，因为时至今日，医学界对于如何唤醒深度昏迷者还是没有有效的办法。

他反复比较小雨的头部扫描影像，发现她的大脑皮质完整，颅间血管分布正常，神经系统正常，没有异物阴影，颅骨损伤也已经愈合。换句话说，小雨的大脑看起来和健康人没有什么不同。

苏丁丁松了口气，小雨的大脑没有不可逆的严重创伤，苏醒的希望就大了许多。只是，既然没有损伤，她为什么会昏迷不醒呢？

他望着这些检查结果陷入沉思，最后发出一声叹息。人类的大脑无疑是人体中最复杂和神秘的器官，要找到小雨昏迷的原因，无异于海底捞针。

苏阿姨见小雨一直昏迷不醒，也渐渐不安起来。她反复询问大夫和护士，小雨什么时候会醒，却始终得不到一个肯定的答案。

苏丁丁只得安慰她：“不要急，小雨一定会醒过来的。您要多和小雨说说话，多抚摸小雨的身体。经过听觉和触觉的刺激，小雨醒来的可能性就更大了。”

于是乎，苏阿姨、刘叔叔和柳若然开始每天按摩小雨的手脚和脸颊。当然，没有苏丁丁。不过，在没人的时候，苏丁丁就会坐在床边和小雨说话。说着说着，他就会觉得小雨就好像在那里静静地聆听。

其实，苏丁丁知道，靠这种办法唤醒小雨的可能性微乎其微，但这似乎是现在唯一可以使用的办法了。

当然，高压氧舱的治疗方法效果可能更好，但小雨的骨折还没有好，不宜移动。

又一个月过去了。

小雨身上的石膏已经拆除，她身体的损伤已经基本痊愈，只是仍然没有苏醒的迹象。

亲情疗法没什么效果，拆除石膏后的三次氧舱治疗也没起作用，苏阿姨开始接受小雨可能永远不会醒来的现实。有一次，她用低低的声音对苏丁丁说：“小雨睡着了也好，如果她醒过来，半身瘫痪的日子可怎么过下去啊。”

苏丁丁知道苏阿姨只是在胡思乱想罢了，可是她的语气中隐含的悲观与绝望让苏丁丁的心不禁一阵抽痛。看着床上的刘小雨，他便想起同样在精神病院中沉睡的导师和师兄们。难道自己是降生在世间的魔鬼吗？为什么自己亲近之人都会陷入生死一线，既不能在人间平稳生活，也无法让灵魂得到解脱！

不，绝不能让小雨步导师和师兄们的后尘！

协和医院。

王主任放下小雨的医学影像，摘下眼镜，沉思了片刻，说：“从片子上看，病人的右侧颅骨受到猛烈撞击，严重程度足以导致深度昏迷。不过手术做得非常成功，即使我亲自来做，也不见得会比这更好。而且，病人术后恢复得非常好，没有血块残留，没有血管阻塞，大脑的显影轮廓也非常清晰。病人现在大脑的情况已经和正常人没有什么区别，你确定病人还在昏迷之中吗？”

苏丁丁点了点头。

王主任揉了揉眉头，说：“病人的情况恐怕不是神经外科能够解决的了。”

看着苏丁丁失望的样子，王主任又说：“你也可以试一下神经组织修复疗法，不过成功率很低。”

医科大。

白发苍苍的刘教授点燃了一支香烟，抽两口之后掐灭了，然后摇摇头说道:“这几年对植物人的治疗尚未有突破性进展，理论上可行的方法还在探索阶段，而且面临重重阻碍。进入临床的两个疗法效果不佳，而且并发症和后遗症都很严重。我个人不主张采用这种疗法。这些是病理层面的疗法，如果说精神方面疗法，国内最前沿的研究恐怕是在你们记忆所啊。”

世医堂中西医结合医院。

李老先生满面红光，蓄着三绺长髯，一副仙风道骨的样子，他望着苏丁丁沉吟道:“我的透骨针疗法专治神经衰弱、嗜睡、失眠、抑郁症、精神失常等病症。你看墙上的这些锦旗，都是康复的患者所赠。”

“我想让你治的是植物人。”苏丁丁说道。

“哦……这个有些麻烦。医院已经束手无策了吧，我的针说不定会有起死回生之效。”

……

在这一个月里，各种治疗手段在小雨的身上几乎用尽，却没有收到任何效果。只有一次，小雨的眼角似乎颤动了几下，像马上就要睁开眼睛一样。苏阿姨见状喜极而泣，柳若然嘴唇颤抖，但最终什么奇迹也没有发生。

不知不觉，小雨已经昏迷四个月了。再过几天就是农历春节了，漫长的冬季即将过去，万物萌芽的春天即将到来。

苏阿姨没有置办什么年货，她的心思都扑在女儿身上。柳若然的新房也因小雨坠楼事件变成了凶宅，结婚照还挂在客厅，房内却一片冰冷，了无生气。家里没有一点喜庆的气氛。

生活还在继续，但是小雨的事改变了身边每个人的人生轨迹。

护士长来过病房几次，她先是说小雨的身体已经基本康复，接着说医院的床位极为紧张，排队的患者都达到了三位数。最后，她无奈地表示，以小雨现在的情况，在家休养与在医院并无两样，言外之意是希望小雨尽快出院。

苏阿姨一时没了主意。在老人看来，让小雨出院就代表医院已经放弃了治疗，小雨苏醒的希望变得极为渺茫。

“小雨在这里住下去确实没有必要了。”苏丁丁同意出院，“不过，这并不代表她完全没有苏醒的希望。我还有一个办法可以试试。”

苏阿姨、刘叔叔、柳若然的目光一下子落到苏丁丁身上。

“不过——”苏丁丁苦笑道，“这个办法以前做过几十次实验，但从来没有成功过。”

救护车闪着警示灯，开出了安贞医院，上了四环之后又转向京承高速，向着城外开去。

春节临近，路上的车辆少了许多，许多外地人都提前回家过年了，两旁的建筑也插上了红旗或挂起了红灯笼，整个城市充斥着浓郁的节日气息。

救护车开进了中科院怀柔分院，在十号楼前停住。

苏丁丁跳下车，望着十号楼不禁一怔——“人类记忆图谱研究所”几个大字在楼顶处闪着金光。这个牌子不是在三年前就被换掉了吗？这是怎么回事？难道时光倒流了？

苏丁丁压下心头的疑惑，稳了稳心神，护送小雨的担架沿着残疾人专用坡道走向十号楼的大门。没想到，门口竟然还有两个军人站岗。

苏丁丁出示证件后，还在担心是否会被拒之门外，却见两个军人礼貌地还回了证件，敬礼之后打开了大门。

苏丁丁刚走进大堂，王主任便迎面跑了过来，热情地跟他打招呼：“是苏博士啊，出差刚回来吧！你的手机怎么一直关机？院里联系你好久了，差点报警。”

“抱歉，出了点儿状况。”苏丁丁一脸歉意。

“没关系，你没事儿，我就放心啦。”王主任显得很亲切。

一行人走到电梯间，苏丁丁按了下行的按钮。

王主任连忙说：“王博士，你可能还不知道吧，你的办公室已经不在地下室了。”

“哦？！”苏丁丁疑惑地看着王主任。

“事情是这样的，一个月前，院里决定恢复记忆所的原有编制。十号楼全部划归记忆所使用，未来所已经搬出去了。不过……”王主任笑了笑，接着说道，“中科院还没有任命新的所长，而且所里的其他员工也还在招聘中，所里暂时还只有你一个成员。哦，你的新办公室在六层。由于联系不上你，院里已经做主把你的办公室搬到六楼了，我们上去看看吧。”

新办公室在六层里侧，大约有六百平方米，足足占了半层楼。除了面积巨大的实验室和办公室，竟然还安排了起居室和独立卫生间。而噪声巨大的计算机和通信设备则被移到了四层的隔音机房。

“这是我的办公室？”苏丁丁看着偌大的房间，一阵迷惑。他记得这里曾经是所长也就是自己导师的办公室，自己哪里有资格享受这种待遇？

“这是经过院领导专门批准的，至于原因……你很快就会知道了。”王主任显得很神秘。

苏丁丁的脑海里闪过吕天明的身影，似有所悟。

小雨被转移到记忆记录仪的深眠椅上。

苏丁丁将深眠椅放平，让其成为一张病床，然后开始将各种传感器连接到小雨身上。

他的计划是利用记录仪的点火脉冲对小雨进行记忆层面的刺激。这个方法是他在几年前为了唤醒导师而想出来的。当年，记忆所因为研究导致大量工作人员成为植物人或精神失常者。苏丁丁用尽各种传统办法也没有把大家唤醒，于是只好另辟蹊径，创造出新的唤醒植物人的办法。可惜，这个办法经过多次尝试，至今没有成功的案例。

苏丁丁把众人请到外面的办公室，接着把自己和小雨反锁在实验室内。关门的一瞬，他看到了柳若然投射过来的充满警惕的目光，他摇摇头选择了无视。

苏丁丁坐在操作台前，启动了记录仪和计算机系统，然后看着面容安详的小雨沉默下来。

系统载入完毕，大师兄的全息投影出现在苏丁丁身前。

“这不是小雨吗？她怎么了？”他关切地问。

“从四层坠楼，现在处于昏迷中。”苏丁丁回答。

“多久了？”

“四个月零八天。”

“虽然有点儿冷血，但我不得不说，她苏醒的可能性微乎其微。”

“我知道，”苏丁丁点了一下头，说，“所以我打算做一次点火脉冲。”

“你曾经做过三十七次类似的脉冲，没有任何效果。”

“这是最后一次！”

“好吧，我支持你。”大师兄表情严肃。

“您认为，以前的实验为什么会失败？”

大师兄思索片刻，说：“首先，点火脉冲是记录仪用于标定追溯人记忆的记录点，能否用于唤醒大脑思维，还缺乏理论支持。其次，植物人的大脑活动基本处于停滞状态，而点火脉冲是以记忆为标靶的。没有记忆，何来标靶？最后，即使患者能够产生紊乱的记忆，点火脉冲的标记物还得与其吻合，这个概率的微小程度，你应该知道。”

“抛去理论的支持不谈，假定小雨还有意识，那么我们成功的关键就在于点火脉冲的标记物。”苏丁丁说道，“以往进行记忆追溯时的标记物，是事前商定的记忆片段中的某个独特的物品或对话。现在看来，用于唤醒昏迷者的标记物不应墨守成规。”

“你的意思是——？”

“既然标记物可以是一枝花、一个杯子，那么它也可以是一个人、一件事，甚至一整段完整的记忆。这样的话，与患者原有意识产生共鸣的概率就直线上升了。”苏丁丁有些激动。

“可是，那会导致点火脉冲的能量急剧增加，从而对患者的思维造成无法预计的损伤，就像——就像现实中的我一样。”大师兄表情黯然。

“植物人患者的思维本来就处于停滞中，只要我们适当调整脉冲的强度，就有可能将对患者的损害控制在安全范围之内。”

“对啊。”大师兄恍然，“这么说来，计划可行！”

第一次点火脉冲承载的是几张照片：一张是在小雨小学毕业那年，一家人在颐和园照下的全家福；一张是小雨的结婚照；一张是他俩去年在红螺寺的自拍照。

第二次点火，苏丁丁放进了小雨小学获得的三好学生奖状和金帆乐团的奖杯，小雨初一开学时他送的一支钢笔，以及小雨的结婚戒指和陈远送的那辆玛莎拉蒂。

第三次点火混合了两段完整的影像：一段是苏丁丁随小雨一家去泰山旅游时的影像，另一段是两年前小雨过生日的影像。去泰山旅游那年小雨正读初中三年级，那是苏丁丁作为这个家庭成员的最后一次出游。视频里一家人是那么的和睦，那么的开心。苏丁丁一直将这段视频珍藏在手机里，曾经有多少个夜晚，他看着这段视频，独自心酸。过生日的影像中小雨已经工作了，那是她第一次在外面和伙伴们一起过生日，参加生日宴的有她的同学、同事，还有苏丁丁和她刚认识的柳若然。

第四次点火被大师兄打断了。

“小雨的生理指征已经开始波动，证明她的身体肯定受到了伤害。现在的脉冲强度相当于一次强烈电击，你就真的不担心后果吗？”

“再进行最后一次。”苏丁丁用哀求的眼神望着大师兄。

“不行。”蔡杨拿出了大师兄曾经的威严，“三次脉冲都没有丝毫效果，已经证明这种方法并不可行，科学并不是蛮干！”

苏丁丁望着沉睡中的刘小雨，第一次感到了绝望和无助。

泪水不知何时噙满了苏丁丁的眼眶，他视野里的景物变得模糊起来。躺在病床上的小雨，如今在他看来就像他们小时候放入河中的那只折纸小船，越漂越远，最后消失不见。

十六、沙塔

门锁发出一声轻响，办公室与实验室之间的那扇大门，在紧闭了六个小时之后终于开启。

早就坐立不安的一家人不约而同地霍然起身。

柳若然焦急地问："小雨怎么样了？"

苏丁丁没有回答，只是发出一声轻轻的叹息。他的眼睛微红，头发杂乱，脸色惨白，整个人看上去有种说不出的疲倦与悲苦。

苏阿姨呆呆地盯着苏丁丁的眼睛。她看着苏丁丁长大，没有人比她更了解这个孩子。从苏丁丁的表情上，她明白了自己再也无缘得见小雨的笑容。苏阿姨承受不了这个事实，便一下子失去了知觉。

一家人顿时乱作一团，刘叔叔把苏阿姨从地上扶起来，安置在沙发上；柳若然慌忙翻出速效救心丸，然后去饮水机旁接水，却不小心打碎了杯子；苏丁丁趺趺撞撞地扑倒在苏阿姨腿边，然后急忙起身帮苏阿姨解开衣领的扣子。

苏阿姨悠悠醒来，眼泪却扑簌簌落了下来。

“苏阿姨，您这是做什么啊？”苏丁丁说道。

“丁丁，你实话告诉妈妈，小雨是不是……是不是醒不过来了？”

苏丁丁犹豫了一阵，慢慢摇了摇头，说：“我还在想办法。”

“你不要骗阿姨。”

“我没有骗您，苏阿姨。对小雨的治疗需要一个过程，不是几个小时就可以完成的。我只是……我只是太累了，出来休息一下。”

“那就好，那就好。”苏阿姨的眼中又燃起了希望，精神一下子好了许多，连忙吩咐，“老头子，去给丁丁弄点吃的。若然，沏杯热茶。丁丁啊，快到卧室去睡一会儿，千万别把自己累坏了。”

“小雨的治疗正在关键阶段，我还要密切监控。您放心，小雨一定会苏醒的。”

苏丁丁又逃回了实验室。门在他身后关闭的一刹那，他的身体似乎一下子被抽干了，险些瘫倒在地上。

他勉强坐到椅子上，默默地望着沉睡中的小雨发呆。

“你只是一个医生，并不是上帝，你已经尽了最大努力。”大师兄在一旁劝道。

“不——还——没——有。”苏丁丁缓缓摇摇头，一个字一个字地说道。

看着苏丁丁的样子，大师兄似乎想起了什么，一下子变了表情，厉声说道:“苏丁丁，你不要胡思乱想！”

“我没有胡思乱想，的确还有一个办法。”苏丁丁的声音变得越来越冷静。

“那个办法从来没有成功过！”

“也许这一次就会成功。”

“已经有几十个人为此成了行尸走肉！”

“所以，也不差我一个。”

“我不同意，这绝对不行。”大师兄表情悲怆，决然说道，“当年，他们一个一个走进去的时候，曾经满怀希望，以为开启了一扇通往新世界的大门，最终却证明那只不过是无底的深渊。那里只有绝对的黑暗、无尽的绝望和永恒的沉寂……现在，只有你知道他们曾经做过什么，只有你还承载着他们的希望。无论如何，你决不能步他们的后尘，那是一条不归路！”

苏丁丁静静地听大师兄说完，又静静地思考了一阵子，然后平静地说:“师兄，你来听一听我的感受。自从导师、真实世界的你，还有一干同事相继出事，到现在已经整整五年了。在这五年的时间里，你知道我是怎么生活的吗？开始是工作人员不断减少，也没有新人愿意来我们所，新的领导也始终没有任命；然后，办公场所从整个十号楼变成了两层、一层，最后搬到了地下二层，只剩下两百平方米。之后的四年，我和记忆所被彻底遗忘在暗无天日的地下室里。除了每个月工资卡上变换的数字，游戏里偶尔和网友交流几句，吃早饭的时候跟食客们聊几句，每年还有那么一两次帮李利研究下犯罪心理学，我和这个世界几乎已经没有什么关系了。”

他的声音里并没有伤感，有的只是淡然：“在医院里，我看着导师平静地睡着，看着真实世界的你痴痴地想念着赵依楠。我就在想，我们都是一样的，命运把我们分隔在不同的世界里，但是我们都一样的孤单、一样的茫然、一样的迷惘……”

说着说着，苏丁丁把目光投向了躺在深眠椅上的刘小雨，忽然眼睛里有了一丝神采：“当然，我似乎更幸运一些，因为我还有她。我知道，只有她心里惦记着我，只有她在乎我，只有她能够让我快乐，让我感受到存在的意义。但是，现在……命运把她也带走了，就像当初带走你们一样。那么，我一个人留在这里又有什么意义呢？如果我无法改变命运的安排，那就让它把我也带走吧。”

……

被遗忘在角落里很多年的一张深眠椅被推了出来，与小雨的深眠椅并排而放。当年，导师躺在这张椅子上后，陷入了永久的沉睡；大师兄躺上去后，变得浑浑噩噩。现在，苏丁丁也躺了上去。

由于没有助手，他自己把各种探测器和医疗设备连接在身上，然后将系统设置为自动操作。随后，他静躺了一阵，把所有的细节都思考了一遍，并确认无误。

苏丁丁侧过头看着小雨那熟悉的面孔，轻声说道：“无论重生还是毁灭，就让我们去一同面对吧。”

随后，苏丁丁握住小雨的手，说道：“师兄，我们开始吧。”

自动注射器缓缓滑动，淡黄色的药液沿着透明软管，进入了苏丁丁的身体。

苏丁丁的脑子嗡的一声，就什么也不知道了。

……

不知道过了多久，在虚无的黑暗中出现了一个小白点。它不发光，也不发热，没有质量，也没有体积，就是一个单纯的白点。它的出现，在这片永恒的黑暗中，似乎是微不足道的事情。

不知道又过了多久，小白点产生了变化。它动了一下，又动了一下，随后开始慢慢变大，也开始发出淡淡的微光。接着，它有了意识。

刚刚萌生的意识，犹如万千宇宙中的一粒尘埃。虽然意识刚刚萌生，但它还是让小白点认识到自己的渺小。为了生存下去，小白点开始不断壮大自己。

对于虚无的黑暗来说，这个白点绝对是个可怕的入侵者，应该在第一时间将其消灭。然而，虚无的黑暗没有理会脆弱的小白点。于是，小白点得以在虚无的黑暗中四处游荡，不断吞噬遇到的各种物质……

白点继续壮大着，慢慢地变成了一个卵。这个卵在黑暗中是那么醒目，它通体半透明，而轮廓却泛着奶白色。这个卵继续变大。渐渐地，它的内部演化出一个婴儿的形状。一段时间后，婴儿的身体逐渐凝实，细节逐渐清晰。

后来，卵忽然不见了，或许是消散了，也或许是被吸收了。黑暗中出现一个蜷缩着双腿，抱着胳膊，处于酣睡中的婴儿。

婴儿不曾醒来，浑然不知周围的黑暗是那么可怕。他似乎把周围的黑暗当作了巨大的母体，时而伸伸懒腰、蹬蹬腿，时而露出会心的笑容，时而翻个身换个舒服的姿势继续睡去。

如果把视线放大到一个极微观的尺度，可以看到，无数个微弱的白点从虚无中来，向着婴儿不断汇聚。这个过程极为缓慢，但是婴儿就在这微不可觉的积累中逐渐长大，从婴儿变为少年，又从少年变为青年……

终于，在黑暗中长大的青年男性睁开了眼睛。眼前一片漆黑，他什么也看不见。他又侧耳倾听，周围万籁俱寂。他犹豫了一下，嗅了嗅鼻子——什么味道也没有。于是，他伸展四肢，却感觉自己就像飘浮着：脚站不到地面，手摸不到任何东西。

他又像婴儿那样蜷起身躯，这大概是他出于安全本能而做出的防御姿势。

他不知道自己身在何处，甚至不知道自己是什么。

经过思考，他觉得应该先找到一个参照物，这样才能对这个世界有个基本的认知。于是，他决定移动。

他迈开双腿（至少他认为是腿），伸出双臂，摸索着一步一步向前走去……

走啊，走……

他预感到自己可能处于一个广阔的空间内，便做好了长途跋涉的准备。他没有饥饿感，也没有疲劳感，就这么一刻不停地走着，并暗暗决定在遇到另一个物体之前绝不停下。

走啊，走……

走啊，走……

某一刻，他站住了。

他停下并不是因为碰到了其他物体，也不是因为觉得累了或是厌倦了，而是因为这永无止境的行走让他有了其他收获——他的意识里多了许多东西。

他的自我意识全面觉醒了，他记起了自己是一个名叫苏丁丁的男性人类，通过记忆追溯记录仪进入了小雨的记忆。如果没有弄错的话，周围无尽的黑暗就应该是小雨的记忆所化。不过，关于这一点，他现在反而不敢确定了。

既然有了自我认知，就不必再找什么参照物了。况且，从他这么长时间的经历来看，这片虚无就像一座没有出口的庞大迷宫。如何从中摆脱出来，成了他现在要面对的事情。

他不由得想起了导师和另外一些变成植物人的同事，这些人都是在做类似的记忆互联实验中出事的。他明白，这片虚无看似无害，但如果不能找到出路，就很可能永远迷失其中，直到将自己的生命耗尽。

苏丁丁再次陷入长久的思考之中。

首先，他要确定自己究竟身处何处。是在小雨的记忆世界里，还是陷入了一个人类未知的特殊领域？是进入了一个自己编织的虚幻环境，还是……

他思来想去，却发现自己这是多此一举！自己本就是抱着必死的决心前来唤醒小雨的，那么就认定是在小雨的记忆中好了，其他的答案根本没有意义。

答案有了，是否就可以认定小雨的大脑活动就像周围的黑暗一样处于停滞状态？如果是，他所要做的就是使小雨的大脑思维重新活跃起来；如果不是，他就需要找到小雨的思维活动，从而将其唤醒。

他希望小雨的大脑活动不是处于停滞状态。哪怕那活动像天边的流星一样微弱，只要他能够找到，就有办法让其活跃起来。可是，这个问题他无法得到确切的答案。

这片虚无的黑暗是那么的广阔无边。他一个人行走了那么久，什么也没有得到，无悲、无喜、无怒、无乐、无天、无地、无左、无右、无黑、无白……他感受到的，只有空。

小雨在哪里，她真的已经消散在虚无中了吗？

一想到这种可能，苏丁丁就不寒而栗。不，他对自己说：绝不允许这种情况发生！

绝望越来越强烈，越来越不可抑制，让他向着精神崩溃的边缘滑去。忽然间，长久孤独生活养成的处事不惊的性格让他清醒了一瞬，就在这一瞬。他意识到，必须强迫自己冷静下来。

记忆与思维领域的研究本来就十分深奥，如果不能保持冷静，不仅所有的努力可能功亏一篑，甚至连自身也可能迷失其中。

渐渐地，苏丁丁冷静下来。

曾经的同事们一定想过无数种办法，可是没有一个人成功。自己又能有什么好办法呢？他思考着，好在他有的是时间进行思考。

面对这虚无的黑暗，苏丁丁除了猜想，似乎暂时无计可施。要想跳出这片虚无，就必须对其有一个全面的了解。可要全面了解这片虚无，就必须要看、要听、要摸……然而，这片虚无的黑暗广阔无边，要想把其看清摸透又岂是一件容易的事？

要是有一束光就好了，思来想去，苏丁丁无奈地想到。

“啪”的一声几不可闻的轻响，什么东西在他眼前一闪而过。

苏丁丁怔了一下，继而心头一阵狂喜。自从在这里产生意识之后，他没有接收到任何信息，现在这永恒的虚无终于有了变化。

他四处张望，侧耳倾听，伸手摸索，所有的感官都调动起来，等待着观察新的变化。

过了好久，没有新的动静出现，周围依旧是一片虚无。

他甚至开始怀疑，刚才的一切是真实发生了，还是自己的错觉。不，他确认，他一定看到了什么，也听到了声音。

可那是什么呢?

苏丁丁回味着那突如其来的感觉，最后认定那是一道稍纵即逝的闪光。

为什么会出现闪光?

苏丁丁突然恍然大悟，因为他想有一束光。

他被自己这个想法吓了一跳。

苏丁丁抬起手，黑暗隔断了视线，他知道手指就在眼前，但什么也看不见。

“光。”他轻声说道。

“啪”的一声轻响，手指瞬间显现，又瞬间消失。

苏丁丁的身体因为激动而微微颤抖起来。他明白了，这里并不是虚无，而是一张白纸，他写下什么，就会有什么；是一片良田，他种下什么，就会收获什么。这是一个属于他的世界。

苏丁丁摊开手，说道:“手电筒。”

于是，他手中就多了一支手电筒。

打开开关，一道光柱从他手中射出，伸向远方。他随着光柱向四周打量，视线所及，还是什么也看不到。那片虚无呈现一种纯净的、单一的黑色，一直延展到远方。不过，现在苏丁丁不再慌乱，他照了照脚下，一样是黑黢黢。他又用手电筒照了照自己，于是他看到了熟悉的那具躯体。

身体是赤裸的，原来自己在这里裸奔了这么久。苏丁丁不禁哑然失笑，不过让他高兴的是，自己的一双小腿完好无损。在这里，他是健康的正常人。这里，是他的世界。

苏丁丁念头一动，深蓝色的休闲装搭配黑色的运动鞋出现在他的身上。他活动了一下，多少次在梦中才有的自由感油然而生。

下一步该做些什么？

苏丁丁抬头望着光亮之外的黑暗。手电筒还不够，他脑海里浮现出太阳的影像。一簇绚烂的光团猛地从他的视线尽头绽放开来，但是仅仅存在了几微秒，大脑轰的一声，他便失去了知觉。

不知过了多久，苏丁丁悠悠醒来。他头疼得厉害，仿佛撕裂了一般。他缓缓站起身，感到天旋地转，低下头干呕了一阵，然后踉跄了一下才站稳。

苏丁丁不禁苦笑了一下。刚才他突发奇想，试图在这黑暗中创造一颗太阳，事实证明，他并不是无所不能的。在这里虽然可以按照自己的想法创造万物，但并不是没有限制的，至少创造太阳之类的物体就远远超过了他的能力。

这一次，苏丁丁开始变得小心翼翼，他看看认为是天空的位置，于是那里多了一盏大型水晶吊灯。晶莹柔和的灯光亮起来了，围绕着他形成了一个六十平方米的光球。苏丁丁觉得自己的大脑稍微有些晕眩，但很快就过去了，没有再出现其他不良反应。

苏丁丁又看看脚下，绿色的草坪从脚下延展开来，隐没在光线照不到的地方。他回过头，一个乳白色的皮质双人沙发出现了。

苏丁丁小心地在沙发上坐下，摸了摸沙发的扶手，指间传来皮革那细腻柔软的感觉。他换了一个舒服的坐姿，神经放松下来，一会儿抬头看看那盏凭空发光的水晶灯，一会儿又低头打量绿油油的草坪。

这些物品与现实世界中的一模一样，一点也看不出是他想象出来的。

可以确认，他可以在这里创造一个真实的世界，尽管还要受到某些限制，但终于有了一个好的开始。那么回到初始问题，如何让小雨苏醒？不出意外的话，这片虚无的黑暗就是小雨的思维意识。在坠楼事件中，小雨的大脑受到猛烈撞击，导致她的思维活动陷入停顿，进入植物人状态。但是，各种医学检查证明，她的大脑损伤已经基本痊愈，并且没有任何迹象表明留下了医学隐患。既然这片虚无可以幻化出苏丁丁想象的事物，那么一旦小雨的大脑恢复意识，这无尽的黑暗恐怕瞬间就会变成丰富多彩的记忆世界。

“一束光，只需要一束光。”苏丁丁喃喃自语道。

他想到，曾经的点火方案未尝不可，只不过导入的信息量太小了。那点信息就像一颗流星划过浩瀚的宇宙，引起小雨共鸣的概率太小了。

既然已经置身于小雨的意识之中，那么以自己对她的了解，与她的记忆产生共鸣应该不难。实在不行，还可以为她创造一个新世界，苏丁丁充满信心地想道。

苏丁丁心念一动，一架人类历史上最大的激光投影机出现在草坪上。投影机硕大的镜头昂起，五颜六色的光线在这块由虚无的黑暗充当的屏幕上投射出一段影像。

这是为小雨进行记忆点火时使用的内容：

蜿蜒曲折的登山御道上，苏丁丁正在埋头攀爬，腿上新安装的智能型假肢让他终于可以像正常人一样登山了。一阵熟悉的呼喊声传来，他抬起头，看见小雨正在远处的中天门那儿向他挥手。小雨身穿一套红色的运动服，全身洋溢着青春的气息。那红色的衣服与泰山漫山遍野的绿色交相辉映，看得苏丁丁的心头一阵火热。苏丁丁也冲着她挥手呼喊，而后转过身向山下招手。在下面的山道上，苏阿姨和刘叔叔正互相搀扶着，缓缓前行……

一支红色的蜡烛独自燃烧，一双明亮的眼睛忽然从黑暗中显露出来，接着是小巧的鼻子，微笑的嘴唇和洁白的牙齿：烛火勾勒出小雨秀美的脸颊。她鼓起嘴巴，吹熄了蜡烛，周围传来诸多祝福声，接着响起了歌曲《祝你生日快乐》。灯亮了，小雨被苏丁丁、柳若然，十几个同事和同学簇拥着，脸上露出幸福的笑容。

……

这些影像一遍一遍地播放，但是始终得不到回应。苏丁丁坐在沙发上一动不动。激光投影机仍在嗡嗡地运行着，但是没有苏丁丁的支持，已经不再投射影像。

终于，苏丁丁长长叹息了一声，说道：“看来这个办法不行。”

苏丁丁站起来，在草坪上缓缓踱步。他心念一动，沙发和投影机消失了，水晶吊灯变成了一盏普通的原形吸顶灯，草坪也变幻为木纹地板。接着，四面雪白的墙壁搭建起来，形成一个十几平方米的小房间。房间的一面墙壁上有一个长方形的断桥铝窗户，柔和的阳光从那儿照射进来；另一面墙壁上有一扇米色的木门，门后贴着明星海报，还挂着那件红色的运动服。靠窗的地方摆着一张写字台，上面整齐地摆放着书本文具。写字台的左面是木质单人床，右面是书柜和衣柜。这里是小雨的卧室，是她生活了十七年的地方。

苏丁丁坐在床边，一面回味着少年时光，一面等待着变化出现。然而，周围什么变化也没有，这让他有些无语。

看来，这样还不够。

他站起身，拉开门走了出去。

门外原本是一片虚无，但随着他的心念变动迅速发生着变化：地板在伸展，墙壁不断树立，家具依次出现。转眼间，一个完整的家在虚无中还原：客厅的电视放着节目，餐桌上摆着苏阿姨亲手做的菜肴，卧室的床头挂着苏阿姨与刘叔叔的大幅结婚照，浴室里传出哗哗的流水声，外面的门铃正传出悦耳的音乐……

黑暗依旧。看来这样还是不够。

苏丁丁咬了咬牙，再次设想。

“小雨，有客人来了，快去开门。”伴着厨房里的炒菜声传来苏阿姨的声音。

“来了。”小雨的声音传来。

苏丁丁的脑袋越来越疼，可是他依然紧紧盯着小雨卧室的门。

一串轻盈的脚步声由远而近。紧接着，房门打开了一条缝。缝隙慢慢扩大，随后一个熟悉的身影在门缝里出现了。接着，一只穿着粉色的居家鞋，足踝纤弱圆润的脚迈了出来。然后，出现在眼前的是皮肤白皙、修长结实的小腿……

刹那间，苏丁丁感到一股热血冲上大脑，心脏也不受控制地狂跳起来，嘴唇微微抖动着，双手紧张地握成拳。他竭力按捺狂喜的心情，让自己的目光继续往上看去，拼色格子印花的休闲裤勾勒出他总是偷偷瞄过的大腿的轮廓，盈盈一握的腰肢……

“丁丁，是你吗？”

他隐约听到小雨的声音，接着眼前的景物变形、撕裂，然后他构筑的一切都像沙雕一样，飞快地坍塌了。

他所有的意识在瞬间被黑暗吞没。

十七、追寻着你

“丁丁，醒醒，快醒醒。”

耳边不断传来急切的呼喊声，苏丁丁的意识逐渐凝聚。他茫然睁开眼睛，一个模糊的身影在眼前晃动。

“小雨。”

苏丁丁心中一动，但很快就失望了，原来那道身影不是小雨，而是大师兄的 AI 虚拟投影。他伸手捂着额头，从深眠椅中坐起，将七八个传感器从身上扯落。

“丁丁，你感觉怎么样？”大师兄的声音很焦急。

“我没事，这是在哪里？”苏丁丁有气无力地回答。其实，他的状况并不好，头部疼痛难忍，身体还在不断抽搐。

“当然是在实验室啦。”大师兄回答。

“我醒了？”苏丁丁一怔，接着便怒吼道，“你为什么要把我弄醒！”

大师兄吓了一跳，一时哑口无言。

“小雨，小雨怎么样了？”苏丁丁问道，不等大师兄回答便猛地转身，随后看到刘小雨仍然躺在自己旁边，静静地沉睡着。

苏丁丁一下子变得沉默起来。

大师兄仔细端详着苏丁丁，接着伸出两根手指，问道：“这是几？”

“二，你现在就很二。”

“我是谁？”

“你是痴情不改，整天疯疯癫癫的大师兄。”

苏丁丁实在没心情搭理大师兄，他的思绪还在小雨的事情上。

大师兄却缠着他不断问着各种稀奇古怪的问题，而且听着他随口给出的答案心情越来越激动。最后，他想一把抱住苏丁丁，不过由于他只是虚拟投影，所以只是他的影像与苏丁丁融合在一起。他兴奋地喊道：“没事，你是正常的，真是上天保佑……奇怪，你怎么会没事呢？”

“我应该有事吗？”苏丁丁用鄙视的目光看着大师兄，说道。

“是啊，你应该有事啊。”大师兄边点头，边理直气壮地说道，“几十个人要么是植物人，要么是精神病，大家都出事了，你也该出事才对啊。”

苏丁丁这才反应过来，他是世界上第一个进行了人类思维互联实验而仍然正常的人。这表明人类文明取得了划时代的进步。

“快说说，究竟发生了什么？”大师兄催促道。

“我进入了一个没有尽头的黑暗空间。我想，那大概就是小雨的记忆世界吧。”苏丁丁回忆道，“我在那里寻找了许多年，什么也没有找到，后来我发现……”他忽然盯着蔡杨，问道：“等等，你为什么把我唤醒？”

“你的生理参数出现大幅度衰减，脉搏下降到每分钟十几次，心脏还一度发生房颤。我不得已才给你注射了苏醒药物，甚至动用了自动除颤仪。”大师兄回答，“当时的情况很危急，再晚一点，恐怕你就……”

“小雨的情况呢？”

“没有变化，自始至终都没有变化。”

苏丁丁思索着，他总觉得自己忽略了什么。他记得在退出小雨意识的瞬间，似乎听到了小雨的声音。那是自己大脑中幻想的声音，还是……他不敢确认。

“你再检查一下小雨的脑电波监测记录。”他说道。

大师兄把记录数据投射在苏丁丁眼前。

苏丁丁按照时间点的推移，仔细检查着记录曲线。在记录接近结束的地方，他看到原本平滑的曲线出现了一个小小的波动。

“这里，就是这里。”他指着这个波动，声音有些激动，“小雨，小雨恢复了意识。”

大师兄疑惑地看着记录，摇摇头，说道：“这只是一小段脑电异常，并不能说明什么。”

“不，你不知道！我在醒来之前恍惚听见小雨在叫我的名字，我曾经以为是自己的幻觉。但是，现在我可以断定，是小雨的意识在呼唤我。我做的那些努力产生了效果，小雨至少在某种程度上已经接近苏醒。快，快让我回去，再加把劲就会成功。”苏丁丁手舞足蹈，语无伦次。

大师兄悲伤地看着苏丁丁，自语道：“没有例外，看来这孩子也疯了。”

“你要是再不帮我，我现在就疯给你看。”苏丁丁手忙脚乱地往身上重新贴着传感器。

大师兄叹息一声，重新启动了注射器。

苏丁丁从虚无的黑暗中再次重生。

他不断呼喊小雨的名字，但始终没有得到回应。

他又幻化出一百个高音喇叭同时呼喊，而后是五十台激光投影机，将周围的黑暗投射得色彩斑斓。

然而，周围还是一片虚无。

苏丁丁想了想，然后开始重新构筑小雨的家，卧室、客厅、厨房，苏阿姨的声音，小雨的回应，粉色的居家鞋……

他虽然在这里可以化万物为真实，但随着事物的规模变大或复杂程度增强，对大脑意识的负荷也直线上升。比如，一栋高楼，一个真实的动物或者人类，是他无论如何也幻化不出的。如果强行幻化，他预感到，昏迷大概是最轻的后果了，稍有不慎就会变成植物人或者精神病人，甚至失去生命。

已经幻化出的物体，也需要他的意识不断关注。一旦失去他的支持，那些物体也会像沙雕一样逐渐坍塌。

此刻，苏丁丁已经达到了极限。苏阿姨和小雨的对话声是他幻化出来的，包括那只居家鞋，圆润的脚踝，修长的小腿……但是，他无法幻化出小雨这个人，无论如何也做不到！

他坚持着，等待着再次听到那句话，但是时间好像在这一刻凝固了——小雨的身影就在门缝后面，甚至已经露出了身体的一部分，似乎随时可以开门而出。而他的脸上爬满了汗水，额头青筋凸起，脑海里的意识像被人扔进了碎纸机，正在被撕裂成无数碎片。

他告诉自己，再进一步就会成功，但是现在连维持都异常艰难。渐渐地，他的视野开始扭曲，意识在不断模糊……

恍惚中，他听见了一声叹息。

从昏昏沉沉中醒来，苏丁丁发现自己还处在黑暗之中。曾经幻化出的那些事物，因为缺少自己的意识关注已经消散了，周围仍旧是剥夺感官的虚无。但是，这一次他可以确认，他找到小雨了。他非常确定，他昏迷前听到的那一声叹息，来自小雨。

苏丁丁放松地让自己的意识向黑暗的虚无中渗透，所有的感官紧张地搜索着虚无中的变化。

苏丁丁站在那里一动不动，像一座灯塔、一个边疆的哨所。

一道光出现在他眼前。

它像突然出现的，又好似早就在那里了，它就那么停在苏丁丁眼前。苏丁丁觉得，它看上去不像一道光，而像一段十厘米左右的发着光的线。

苏丁丁伸出手，试图去触摸这道光线，但是没有成功。这光线看似距离自己不过四十厘米远，但是当他伸出手臂去触摸时，光线距离指间还是四十厘米。

苏丁丁觉得，不是光线后退了。虽然它看似近在眼前，但自己到这道光线的距离远非四十厘米，而是很远很远……

他的心思一动，一双跑鞋便穿到了脚上。接着，一条橡胶颗粒跑道从他脚下延展开来。苏丁丁迈着步子，向光线走去。

就像初次来到这虚无中一样，为了寻找爱人，苏丁丁再次踏上了旅途。只是这一次不一样，他眼前已经有了光明，脚下也有了路。

他身体轻盈，健步如飞，跑道快速向后退去。

光线还在原地，距离没有变短也没有变长。

他没有在意，脚步一刻不停。

他已经做好了长途跋涉的准备。

这一走，便没有了尽头……

苏丁丁始终盯着这道光线，一刻不敢懈怠。他甚至学会了两只眼睛分别眨眼，以使光线一直停留在视野里。他的意识也锁定了这道光线，生怕它突然消失。

不知道走了多久，也不知道走了多远，跑道还在不断伸展，他到光线的距离还是四十厘米。

这种永不停歇的行走单调而枯燥，终于让苏丁丁产生了一丝疲倦。而这疲倦一经产生，立刻像杂草一般不可抑制地疯狂生长。

某一刻，苏丁丁感觉那道光线忽然一晃，可定睛再看又觉得没有什么变化。又过了一段时间，同样的情形再次出现。于是，苏丁丁停了下来，仔细审视光线。最后他确认，这种变化不是来自光线，而是自己的大脑——自己的意识出现了恍惚。

不过，苏丁丁没有停下来，而是继续向前走着。

随着跑道的延伸，苏丁丁恍惚的间隔越来越短。他就像一个疲劳驾驶的司机，一面竭力抑制着脑海里愈见浓重的睡意，一面紧盯着那段光线，生怕它消失在自己的视线里。

终于，他的左脚绊住了右脚，一下子摔倒在跑道上。倒地的一瞬间，他体会到一种久违的舒适感。他很想躺下来美美地睡上一觉，但强烈的责任感驱使他继续寻找那道光线。于是，他爬起身，再次向前走去。

过了许久，他再次摔倒，然后再次爬起。这种事情渐渐成了常事，而且越来越频繁……直到他摔倒后无论怎样挣扎也爬不起来为止。

苏丁丁伏在地上，额头再次青筋暴起，汗水顺着脸颊滴答滴答地落在红色的跑道上，但是他的眼睛仍然紧紧地盯着那道光线。

就这么过了漫长的几分钟，苏丁丁缓缓挪动腿和胳膊，一点儿一点儿向前爬去。

没有人知道苏丁丁爬了多远，连他自己也不知道。橡胶跑道上出现了两道摩擦的痕迹，后来还出现了血迹。然而，对于这些，苏丁丁同样不知道，他只是不停地向前爬着。如今，他生存的意义只剩一个——爬，爬行的终点：那道光线。

苏丁丁的意识逐渐涣散，一点一点消散在黑暗的虚无之中。

不过，苏丁丁的潜意识清楚地知道，自己正面临巨大的生存危机，当他的最后一点意识消失，他的生命也就到了尽头。可是他不敢停下来！他预感到，只要他停下来，那道光线就会消失，他也就永远失去了小雨。

苏丁丁继续向前爬着，但是他的身体很长时间都没有挪动一分一毫，只是他以为自己还在向着光线挪动。

实际上，苏丁丁已经走到了生命的尽头。

迷离之际，他的头脑忽然一阵清明，一些他以为早就遗忘的事情浮现在眼前。

目光中透着惊恐的他，望着慈祥的苏阿姨，吮吸着刚刚塞进嘴里的奶嘴。甘甜的奶水让他体味到了温暖，于是他的脑海里永远刻下了那张慈祥的面孔。

小雨拉着他的手走在雨后的河岸边，阳光从垂柳的缝隙中投射下来，落在小雨的脸颊上。忽然，小雨停下脚步，冲他粲然一笑。这个笑脸让他的心跳乱了节拍。

小雨因为什么伤心了？泪水像断线的珍珠一样落下来，他看在眼里，急在心间……

小雨羞涩地看了看他，轻声问道："你看若然怎么样，其实我挺喜欢他的。"他听到这句话，心口像被锤子重重砸了一下，可脸上却露出笑容说："挺好啊，我看你们很般配。"

想着，想着……

他发现那些让他开心的、心酸的、孤单的记忆，其实都是那么的美好。

想着，想着……

记忆中的一切逐渐远去。

想着，想着……

那道光线忽然开始向两边延展，几乎是在转眼间，就贯穿了整片虚无。

现在那道光线已经出现在苏丁丁眼前。它的长度远达黑暗尽头，高度却不足一厘米，就像虚无中出现了一道光明的缝隙。

苏丁丁透过这道缝隙似乎看到了一个充满阳光的世界。

他忍不住伸出手指去触碰那道光。手指触到那道光的一瞬间，无穷无尽的生命气息一下子涌入他的意识，疲倦、绝望、无助、衰弱……这些濒死的感觉一扫而空，他感到身体里充满了能量。

苏丁丁站起身，把双手伸进缝隙中。被火焰灼烧的感觉瞬间从手指传来，但是他没有退缩，而是忍着疼痛用力把裂缝向两边撕开。

苏丁丁累得气喘吁吁，汗水沿着他的脸颊不断滑落。不过，他的努力没有白费，缝隙被拉大了一厘米、两厘米、三厘米……终于，这道裂缝开始自动向两边伸展，夺目的光芒喷涌而出。

苏丁丁的身体一下子沐浴在光芒之中，他的眼睛一阵刺痛，紧接着泪水便蓄满了眼眶。

光线出现的那一刻，苏丁丁便猜测，自己的举动触动了小雨，让她濒于死亡的大脑产生了微弱的活动。于是，他像夸父逐日一般追逐那道光线，试图让这道光线驱逐所有的黑暗，照亮这片虚无，从而使小雨清醒过来。

如果有必要，他愿意燃烧自己的生命，来换回小雨的生命。

然而，苏丁丁没有料到，唤醒小雨的过程会这么痛苦。

苏丁丁在耀眼的光芒中重新获得了力量。可是这光芒给予他力量后并没有停下来，而是迅速升高温度。于是，下一刻，苏丁丁感受到的就不是温暖了，而是炎热、炙热、灼热……

苏丁丁身上的衣服和毛发几乎在瞬间便化为了灰烬。接着，手指上的指甲融化了，皮肤开始皲裂。而后，肌肉组织开始燃烧，变成焦炭剥落下来，露出惨白的骨骼。

苏丁丁惊恐万状，他虽然学医出身，也解剖过很多人体，但是从来没有见过这种情况。他就那么眼睁睁地看着自己的身体燃烧，碳化，化为飞灰。

苏丁丁终于明白，为什么记忆互联实验一再失败，导师们纷纷落入生不如死的境地。原来，两个不同的思维或意识是根本不能相容的，一旦碰撞在一起，就会互相攻击，直到一方将另一方吞噬。

苏丁丁在初次进入小雨的大脑后之所以能安然无恙，是因为小雨的大脑思维处于停滞状态。小雨一旦苏醒，苏丁丁的末日就要降临了。

果然，苏丁丁很快就看不到自己的身体了，因为他的眼球也已经融化。然而，小雨的意识之火还在灼烧着苏丁丁。苏丁丁一面咬牙忍着身体的剧痛，一面挣扎着发出最后一声嘶吼："小雨，你在哪儿……"

之后，他的最后一丝意识在白色的火焰中消散了。

方大姐一大清早就骑着电动三轮出了门。走到半路，她抬头一看，发现天色阴沉得厉害，这才想起天气预报说今天有大雨。她想着反正家里就自己一个人，也没什么事做，索性还是骑车去了市场。

方大姐平日就靠在红螺寺旁边的农贸市场里卖小工艺品为生。现在老百姓的日子好了，她的收入倒还过得去。

眼见到了中午十一点，乌云越来越低，天际隐隐传来雷声。市场里的摊贩只剩下两三家，游客更是不见踪影。方大姐正犹豫着要不也收摊算了，倾盆大雨便下了起来。

半个小时过去了，雨势依然很大。方大姐心想，看来这雨一时半会儿是停不了了。她看看左右，市场里空荡荡的，除了她之外一个人也没有。

方大姐正百无聊赖地看着这大雨发呆，忽然隐约听见小孩的哭声。她循着声音掀开角落里的一块塑料布，看见一个白白胖胖的男孩儿在哇哇大哭。

方大姐在外面捡了个大胖儿子。这个消息很快在山村里传开了，镇里的妇联干部还来了几次。捡到孩子需要报告公安机关，然后由公安机关为其寻找亲生父母。找不到亲生父母的孩子会被送去救助站或福利院。个人想收养孤儿，可在民政机关办理相应手续。

方大姐不懂这些。她的丈夫是个幕墙清洁工，他们结婚不到一年，还没留下一儿半女，就从三十层楼上掉下来摔死了。方大姐没有再婚，一个人生活了二十几年。她的日子过得倒也随心所欲，只是有个遗憾，那便是身边没个孩子。谁能想到，老天爷忽然给她送来个儿子，方大姐那是说什么也不可能松手了。

妇联干部吃了几回闭门羹，发现方大姐对这孩子特别好，再加上公安机关迟迟找不到孩子的亲生父母，索性就为她办理了领养手续。于是，方大姐就这样多了个儿子。

由于是雨天捡的，她就为孩子取名雨来。方大姐没有生育过，也没什么抚养孩子的经验，不过她非常用心地照料这个孩子。白天她背着孩子去市场卖货，晚上就将孩子搂在被窝里，反正一刻也不敢和孩子分开，生怕孩子像来时那样莫名其妙地消失了。

小雨来长到快两岁时，方大姐发现了问题：这孩子能跑能跳，可就是不开口说话。她带着小雨来跑了几次医院，大夫说小雨来天生聋哑。方大姐有些伤心，心想：难怪这孩子的父母会狠心将其抛弃，原来是嫌弃他身有残疾。看来医院是没办法将孩子治愈了，她又抱着孩子让红螺寺的和尚看了看。和尚说，这孩子是天上来的，有慧根，要好生抚养。方大姐心说，别说聋哑，就是这孩子全身瘫痪，那也是老天赐给自己的宝贝。

一晃七年过去了，方雨来到了该上学的年纪。方大姐把他送到了聋哑学校。这里的校舍宽敞明亮，老师热情专业，除了需要住宿这一点，方大姐对其非常满意。可谁知，上午才把孩子送去，晚上他竟然一个人跑回了家！海淀区到村里隔着几十公里路呢，也不知孩子是怎么找回来的。

看着孩子抱着自己依依不舍的样子，方大姐心头一软，心想：他不想上学就不去了，反正自己也舍不得他离开。

时光荏苒，转眼间方雨来长成了大小伙子。方大姐的鬓角多了一些银丝。

这些年，雨来就陪着方大姐在市场里贩卖旅游纪念品，日子过得平淡而幸福。后来，自由市场拆除了，雨来就在红螺寺的停车场找了一份管理员的工作。这份工作除了节假日忙一些外，平时非常清闲。不过，这孩子非常爱岗敬业，每天天不亮就到岗了，晚上又总是最后一个下班。

方大姐对这样的日子很知足，她觉得雨来长大了，该找媳妇了，就托亲戚朋友们为他介绍对象，甚至很新潮地上了征婚网站。一时间介绍人纷纷登门，可雨来就是摇头。后来，有人给雨来介绍了个长得很水灵，身体也健康的外地女孩，方大姐看了很满意，可雨来还是摇头。

那天夜里，雨来像小时候那样钻进方大姐的被窝，抱着她的胳膊睡了一夜。方大姐有些心酸又很是欣慰地想，“这孩子大概是我那死鬼老公派过来陪伴我的吧。”于是，她再也不提雨来的婚事了。

为雨来介绍对象的慢慢不见了，街坊们开始在背后议论起来。有人说雨来不仅又聋又哑，智商还有缺陷，所以找不着媳妇。方大姐冷哼一声，暗暗嘟囔：“怎么可能？我家雨来虽然没上过学，可是绝顶聪明。他七岁就开始看书，这些年挣的钱几乎都用来买书了，现在家里半个房子装的都是书。看看这些书目，我估计就算城里的那些博士硕士什么的也不一定看得懂呢！”

不过，这孩子也有奇怪的地方——他对停车场的工作特别热爱，不管刮风下雨，也不管下雪、下冰雹，雨来保证到岗，从来没有迟到过。你说下起大雨，停车场里一辆车也没有，他守着有什么用呢？方大姐去看过几回，也没发现什么异常，后来还是红螺寺的钟声提醒了她——停车场对面山脚处就是红螺寺的大雄宝殿——难道这孩子真的和佛祖有缘？

十年如一日，红螺寺的钟声日日如常。方大姐的称呼慢慢变成了方大娘，她在七十六岁那年离开了人间。临终之际，她拉着雨来的手久久不愿松开。

日子还在继续，雨来依旧尽职尽责地在停车场上班。后来，他索性把停车场的一间小房子改成了卧室。冬去春来，方雨来也逐渐老去，他的两鬓变得斑白，背也驼了下去。

终于有一天，一辆玛莎拉蒂开进了停车场。一个穿着红色裙装，戴着墨镜的女孩从车上下来，背起一个单肩旅行包向红螺寺走去。女孩走到停车场出口的时候，雨来拦在了她的面前。

女孩并不认识这位老人，皱了皱眉，问道:“有什么事吗?”

老人渐渐站直了身子，脸上绽放着久违的笑容。

“你是谁?”女孩觉得自己根本没见过这个人。可是，这个人似乎和自己很熟悉。于是，她忍不住开口问道。

“我是苏丁丁。小雨，你还不醒来吗?我们该回家了。”

女孩摘下墨镜，仔细端详着老人，疑惑的眼神突然变为了惊喜，前尘往事如潮水般向她涌来。

十八、遗忘

实验室的大门打开的时候已经是深夜两点钟了。办公室里还开着灯，苏阿姨和刘叔叔两口子坐在沙发里昏昏欲睡。

苏丁丁一身疲惫地走进办公室，但是眼睛却闪闪发亮。

苏阿姨一下子从苏丁丁的表情里读出了什么，但是又不敢确定，犹豫着问道："小雨，她……"

"醒了。"苏丁丁点点头，回答。

刘小雨还躺在深眠椅上，她的脸色苍白，头发有些凌乱。不过，她的眼睛已经睁开了，只是还带着些许迷惘。

苏阿姨一下子扑到女儿身前，嘴唇颤抖着，却一句话也说不出来，只是用力地握着女儿的手。

小雨无力地叫了声:“妈。”

苏阿姨的泪水一下子又涌了出来。

持续了几个月的噩梦终于过去了，苏丁丁变得一身轻松。送走苏阿姨一家后，他倒在卧室里一头睡去，醒来时已经是第三天的中午了。

苏丁丁起床后，先去浴室洗了个澡。他的新浴室就在卧室边上，足足有三十平方米，看样子似乎刚刚装修。对着巨大的化妆镜，苏丁丁不禁感叹道:“一个人孤孤单单的日子其实也不错。”

穿戴整齐，他到院门口的餐厅吃了个午饭。连续吃了几年的饭菜，现在吃起来倒别有一番滋味。接着，他在操场里慢跑了几圈，才慢慢走回记忆所。

苏丁丁一面走，一面心情舒畅地看着周围熟悉的景物。这几个月的时间，他感觉自己好像经历了几世人生，现在看来，什么都没有改变。这种感觉真好!

回到除了两个卫兵只有他一个人的十号楼，坐在自己宽大的办公桌前，苏丁丁一时觉得无事可做。

不由自主地，他想起了自己身处小雨意识中的事。自己被小雨的意识之火烧成了灰烬，不出意外的话，自己将变成一个彻头彻尾的植物人。可是，自己为什么又降生为方雨来呢?

思来想去，他觉得是那片虚无的黑暗起了作用。

那时候，小雨的思维意识陷于停滞，所以，他初次进入小雨的意识时才没有被排斥或焚烧。不仅如此，由于他与那虚无长时间接触，导致自己的意识发生了微妙的变化——有极微小的部分与小雨的意识产生了融合。之后，小雨的意识复苏，自己被意识之火焚烧殆尽。但是，那微小的融合部分因为被小雨的自我意识认可为同类而保存下来。于是，自己的一粒意识种子在小雨的思维中成长、壮大，从而得以成为另一个苏丁丁——也就是方雨来——并最终唤醒了迷失的刘小雨。

这大概就是整个事情的经过，至少苏丁丁暂时找不到更合理的解释了。

那么，既然自己能够在小雨的意识中安然无恙，是不是意味着自己也可以顺利地进入其他人的思维意识呢？

过了一会儿，苏丁丁暗自摇头苦笑。也许可以，但是他敢赌吗？被意识之火燃烧的滋味那么痛苦，他可不想再尝试一次了。

转念一想，假如不进入其他人的意识呢？所里还有很多记忆追溯记录。有了探索小雨记忆的经历，自己是不是具备了读取他人记忆的能力呢？

这个念头一旦萌发，苏丁丁便无法抑制自己的好奇心。所里以前曾经做过多次类似的实验，但是没有获得任何有价值的成果。那些追溯记录在科研人员的脑海中只是一堆没有规律的乱码，根本无法读取。不过，幸好从来没有人在这种实验中受伤。

没有危险，那便可以一试。苏丁丁脑海里闪过那辆玛莎拉蒂，这让他想起了陈远。“就从这位老兄开始吧，自己还欠他一个人情呢。”苏丁丁说道。

系统启动，大师兄的 AI 影像出现在追溯仪旁边。他看见苏丁丁正在深眠椅跟前忙碌，于是问道：“这次你准备做什么？”

“追溯记录解读实验。准备第 12236 号记录样本，记录者：陈远。”苏丁丁回答。

大师兄的眼睛一亮，问道：“是否可以确认，通过刘小雨的案例，我们已经取得了突破，你成了第一个能够进入并解读他人思维意识的人类？”

苏丁丁点头后，又马上摇摇头，说道：“我们确实走进了那扇门，但是能够走多远，现在还不好说。希望不要像发明的记忆追溯仪那样，门后面又出现无数道门。”

注射器启动，苏丁丁的意识向着一个玄而又玄的世界走去。

望着视野里无边无际的黑暗，苏丁丁暗自说道，难道自己又在虚无中重生了吗？

一个白点在黑暗的中心出现，并且以不可思议的速度在扩大。苏丁丁一惊，被意识之火焚烧之后，那种痛不欲生的滋味给他留下了严重的心理阴影。没有来得及做出反应，他就被光芒笼罩了。没有撕裂，没有疼痛，除了晕眩，苏丁丁没有感到任何不适。

一些画面开始在眼前不断闪现。苏丁丁集中注意力，试图分辨其中的内容。但是，他看不清那些东西究竟是什么，一会儿像胡乱涂抹的抽象图案，一会儿又变成了五颜六色的线条，他感觉自己仿佛置身万花筒中一般。

过了一阵子，光影变幻的速度逐渐慢了下来，最终定格为一团朦胧的黄色光团。

苏丁丁下意识地擦了擦并不存在的眼睛。他的这个举动似乎真起了作用，黄色光团逐渐清晰，变成了一支昏黄的烛火。原来，那是一个散发着薰衣草香味的紫色玻璃杯蜡烛。周围的景物也从黑暗中隐约浮现出来。眼前是一个椭圆形的茶几，上面放着蜡烛和一扎啤酒，茶几的对面是一个空着的高背单人沙发。再远处，还有十几支烛火，被一些沙发包围着。影影绰绰的烛光下似乎有人影在晃动，空气中还不时飘来似有若无的小提琴曲。

苏丁丁醒悟，这大概就是陈远提到的“邂逅”酒吧，自己现在进入的正是陈远的视角。

他虽然坐在酒吧深处的角落里，但是从这个角度可以远远地看到酒吧的木质雕花门。门框上系着一个铃铛，有人出入时，它就会随着门的开合发出清脆的撞击声。

十几分钟过去了，陈远始终没有活动过，只是目光偶尔在别的卡座间滑过。

一个穿着牛仔短裙的长发女孩从吧台边的高脚凳上起身，端着一杯啤酒悠闲地走过来，用审视的目光看着苏丁丁。不，应该是陈远，说："我可以坐下吗？"

"对不起，这个座位有人。"陈远的声音传过来。

这声音就在苏丁丁的耳边响起。看着女孩那妩媚多情的样子，苏丁丁一阵尴尬。还从来没有一个女孩对自己流露出这种神情呢！帅哥的世界真让人羡慕啊。

"半个多小时过去了，这里没坐过一个人。"女孩不甘心地说。

"也许一分钟后就有了。"陈远的声音显得有些冰冷。

女孩羞恼地瞪了陈远一眼，转身离去。

在等聂小倩吗？苏丁丁想到。随着铃铛清脆的响声，酒吧门口不时有人出入，却没有一个人向这边走来。

时间一分一秒过去，陈远始终在酒吧坐着。他大概在享受孤独吧，苏丁丁却觉得有些无聊。自己只能被限制在陈远这个个体中吗？他想，可是自己并不是陈远啊！他心神一动，欠身站了起来，然后回过头，便看见了陈远。陈远穿着格子图案的T恤，脸颊的线条显得有些冷酷。苏丁丁又低头看了看自己，结果什么也没看到。他恍然，自己在这里就是没有形体的鬼魂或者虚无的旁观者，并不在陈远的记忆之中。

怀着新奇的心情，苏丁丁在酒吧里"游荡"了一圈。其实用"游荡"这个词并不确切，他并不是真的鬼魂，他处在陈远的记忆中。心念所至，他就能来到这段记忆的任意一个地点或者时间段。不过，这毕竟是陈远的记忆，苏丁丁并不具备改变或者干涉的能力。就好像这酒吧内的事物，有的清晰，有的斑驳，有的只是简单的线条，这全部源自陈远对这里的认知，与他无关。

“时间过得快一些吧！”苏丁丁喃喃自语道。于是，墙上挂钟的指针以肉眼可见的速度转动起来，酒吧内的人影像鬼魅一样闪动。

“恢复。”某一刻，苏丁丁忽然喊道。他觉得有什么事即将发生。

时间流速恢复了正常，挂钟的指针正指向凌晨一点。酒吧里只剩下三五个人，音乐也停了，服务员在吧台后面打着瞌睡。“丁零”一声，门开了。苏丁丁向门口望去，还是没有看到人，却有淡淡的星光射进酒吧。

很快，一个女孩子出现在门口。她向酒吧里扫视了一眼，然后径直向着陈远走来。

女孩应该很漂亮，不过苏丁丁没在意。他印象深刻的是，这个女孩出现的时候，她的发丝间和眼眸中，都带着迷蒙的星光。这星光使女孩看上去显得宁静而圣洁。不过，随着女孩进入酒吧，星光也随之消散。苏丁丁不知道，女孩发丝间和眼眸中的星光，是陈远的主观意识还是确实如此。不过，根据女孩进入酒吧之后的举动和表情，苏丁丁确定，她一定认识陈远。在看到陈远的刹那，女孩的身体甚至微微有些发抖。由此可见，女孩不仅认识陈远，而且对他一定很熟悉。或许，不仅熟悉，女孩还寻找他很久了。

女孩走到陈远面前，很自然地坐到他对面的沙发上。

陈远对女孩不请自来的举动皱了皱眉头。这不是伪装出来的，苏丁丁可以确认，陈远确实不认识对方。苏丁丁一时迷惑不解：一个很熟悉对方，一个又肯定不认识对方，这是怎么回事?

两个人交谈起来，陈远的表情从冷漠到热情再到被对方所吸引，这个转变在不到十分钟的时间里就完成了。这就是一见钟情吗？不，苏丁丁有种感觉，陈远以前认识对方。只不过因为某些原因而忘记了。不过，两个人交谈的内容始终没有涉及以前的事情，苏丁丁也就无法得到真实答案了。

苏丁丁对这两个人之间奇妙而矛盾的关系产生了兴趣。

他们低声交谈着，其间，他们的目光始终交织在一起。陈远戏称女孩叫聂小倩，这是《聊斋》里的一个主人公的名字。这个名字背后藏着一个古老的爱情故事，女孩竟然没有反对。这是不是意味着，女孩不希望说出自己的真实名字，或者不在乎陈远称呼她什么，再或者……她不愿意回首过去，只是希望享受与陈远在一起的时光？这一切现在都还没有答案。

站在两人面前，听着两人的窃窃私语和阵阵笑声，苏丁丁感觉自己这个电灯泡越来越亮。他可没有兴趣听两人的情话。“好吧，”他说，“时间加速。”

凌晨四点，他们仍然聊个没完。那些很平常的话题被爱情发酵之后变得津津有味。服务员第二次来催促了，他们终于站起身来。

黎明时分，两个人站在平遥古城的大街上，看上去神采奕奕。古城已经沉睡，街上一个人也没有，两个人很自然地手拉着手，漫无目的地沿着街道散步。

苏丁丁注意到两个细节：首先，一站在室外，聂小倩的身上重新泛起了淡淡的星光，而陈远的身上却没有出现这种现象；其次，两个人拉起手的动作是那么自然，那是多少次牵手后才可能形成的默契，绝不可能在初次相识的两个人之间出现。

他们从黑暗的黎明走到了朝阳初升，在街边一家早点摊吃了两笼包子，而后走进了陈远的宾馆。洗漱完毕，两个人和衣躺在床上，相拥睡去。

苏丁丁无意窥探别人的隐私，但还是匆匆瞥了一眼，然后挥手略过了这段记忆。

他回味着这段记忆。初次走进别人的内心世界，如过客般看着别人的人生，但别人的一颦一笑，喜怒哀乐，他都感同身受，其中的滋味难免让他唏嘘。陈远曾经描述过他对小倩刻骨铭心的爱，苏丁丁当时还觉得过于夸张，可现在看来，陈远对小倩确实一往情深。

苏丁丁发现陈远和聂小倩之间太过默契。他不禁想去探究两人曾经发生过什么。他们热恋过吗？结过婚吗？为什么分开了？又如何在陌生的城市重逢，抛下过往，重新拉起了手？这背后一定有着一个凄美的爱情故事，只不过陈远选择了遗忘，小倩选择了沉默……

当然，这一切与苏丁丁无关，也与其他人无关。

好吧，自己并不是在探究什么真相，只是想看看能不能帮他这个同病相怜的朋友一个忙。于是，他略过了之后几天的记忆，直接指向最后一天的那个上午。

这天阳光明媚，陈远和小倩一起来到了娘子关长城。娘子关有万里长城第九关之称，历来是兵家必争之地。

陈远和小倩拉着手，一前一后慢慢向着山顶行进。

山势并不险峻，甚至可以说比较平坦，不过周围植被茂盛，及膝高的野草四处丛生，一条仅容一人通过的野径在杂草间时隐时现。不过，这里的景色很美，蓝天白云，肆意生长的植被间还点缀着一些五颜六色的野花。更重要的是，这里人迹罕至。他们可以独享这处风景。

他们一路前行，不知不觉已经站在了长城脚下。他们手挽着手，抬头仰望这道横亘开来的长城。残破的墙体、散碎的城砖，无不显示着岁月的沧桑与历史的厚重。

良久，小倩叹息一声，说："有什么感觉吗？"

"……沉寂……绝望……不甘……等待……重生……"陈远沉吟着。

小倩的眼睛一亮，问："你想起了什么？"

陈远沉思片刻，似乎想张嘴说什么，可最终迷惑地摇了摇头。

小倩的眼神黯淡下来，说："我们上去吧。"

城楼左翼大约二十米的墙体已经坍塌出一个 V 字形的缺口，砖石散落下来形成了一道天然的楼梯。

小倩向前走去，陈远拉了她一下，说："这里有危险。"

小倩微笑着说："你是最勇敢的战士，你会保护我的。"

陈远一怔。这句话像一道冲击波在他脑海中扩散，刹那间似乎激起了什么，可那些缥缈的影像瞬间又消散而去。他一笑，拉起小倩，向上攀去。

站到烽火台顶端，小倩望着下面苦笑道："我们确实走了一条危险的路。你看这边，原本就有修建好的台阶。也许……我们之间的路注定是坎坷的吧？"

陈远见小倩有些伤感，伸手搂住了她的肩膀，指着绵延的山脉说："无限风景在险峰！你看，经历了艰险之后，我们才能看到更美的景色"

似乎受到了陈远的感染，小倩的情绪也逐渐好起来。她伸手搂着陈远的腰，侧身倚在他的肩头，望了望高高的天空，又俯瞰了下漫山的绿色，不禁把陈远搂得更紧了。

"瞧。"她好像忽然发现了什么，伸手向城墙外指去。

顺着小倩的手指，陈远看到城墙脚下茂盛的草丛中，两朵不知名的野花开得正艳。

"瞧它们，一起萌芽、生长、绽放，直至死亡，永远都不会分开。"小倩的声音里满含羡慕。

"我们也会的。"陈远轻声说道。

小倩抬头看着陈远的眼睛，在他的目光中找寻着什么，而后脱离他的怀抱，说道："我去看看它们。"

“小心，危险！我陪你去。”

“我自己去，你等我。”

小倩的身影在台阶间跃动，很快便下了城墙。随后，她在山石与草丛中穿行了几十米，接着蹲下身仔细端详那一蓝一紫两朵开放的野花。最后伸出手指，小心地触碰了一下。

很快，小倩站起身，向陈远挥手，兴奋地喊道：“它们的根都在一起，是并蒂花。”

陈远也挥手回应。

就在这个时候，不可思议的一幕在苏丁丁的眼前发生了。

大地，不，是整个世界晃动起来！这不像地震，而像时间与空间产生了交错。

苏丁丁惊讶地发现，自己眼中的世界竟然变成了两个！它们的内容完全相同，互相重叠在一起，分不出你我，也辨不出真假。

陈远与小倩仍在挥手，他们似乎毫无察觉，二人的身影都变得有些模糊。苏丁丁知道，那是因为两个陈远和两个小倩重叠在了一起。

小倩挥着手，突然脚下一滑，接着身形一歪，向后仰倒，一下子消失在画面中。

陈远一惊，连滚带爬地冲下城墙，跑到草丛前。接着，他停住脚步，探出身子向下呼喊。在他的脚下，是一道看不见底的深渊。

陈远绝望的呼喊声在苏丁丁的耳畔回响。接着，不可思议的一幕发生了——另一个陈远仍站在城墙上，他的目光落在那两朵野花旁边，另一个小倩还在向着城墙上面挥手。她的身上散发着星星点点的微光，看起来有些虚幻……

而后，另一个陈远离开城墙向另一个小倩跑来，似乎要与她会合。另一个小倩张开双臂等待着。两个人即将拥抱的瞬间，另一个陈远被一块黑色的城砖绊了一下，他的身体猛地撞向另一个小倩。另一个小倩惊呼一声，娇小的身体后退两步，向着悬崖下面徐徐坠落。

画面再次震动，两个陈远重合为一人，冲着悬崖下一次次呼喊……

十九、心魔

退出记忆解读实验，苏丁丁坐在宽大的老板椅里陷入了沉思。他的脑海中不断闪过那些画面：跌倒的陈远翻身爬起，伸手去抓小倩，小倩也伸出了手。但是，两只手的距离却越来越远。陈远的眼神从惊慌转为惶恐，又化为绝望。他跪在悬崖边，眼睁睁地看着小倩的身体向深渊沉去……小倩在消失之前始终望着陈远，目光中没有害怕、没有责备，只有浓得化不开的眷恋……

苏丁丁终于知晓了事情的真相：在娘子关的长城脚下，不小心跌倒的陈远把小倩撞下山崖。他因为无法接受这个事实，患上了一种罕见的精神疾病——强迫性遗忘与幻想综合征。这种病让他选择性地遗忘了这段痛苦的记忆，又为他编造了一个小倩失踪的记忆，以至于他一直认为小倩失踪了，并为此苦苦寻找了十年……

苏丁丁发出了一声长长的叹息，他不准备把这个真相告诉陈远。他猜测，陈远那大权在握的父亲可能也采取了同样的做法，隐去了有关小倩的一切信息。毕竟谁也不知道，当陈远知道了那个残酷的现实，会做出什么冲动的事情。让他在茫茫人海中寻找小倩吧，他这样至少还抱着希望。

苏丁丁站起身，看了看站在身边等待记录的大师兄，说道："关闭系统吧，这次试验失败，没有解析到任何数据。"

"一点儿有用的数据也没有获得吗？"大师兄追问。

"没有。"

"你去哪儿？"

"去看看小雨，我有些想她了。"

"不是才分开吗？"

"已经够久的了。"

苏丁丁驾驶着那辆 212 老爷车驶上京承高速，然后把车速提高到每小时 100 千米。这已经达到了这辆车的极限。汽车的发动机嘶吼着，车身也剧烈震动起来。他打开车窗让风灌进来，这才觉得压抑的心情舒畅了许多。

苏丁丁在市场里买了一束康乃馨，接着把车子开进了儿童福利院职工家属小区。他下了车，抬头看着一单元四楼那个熟悉的窗户，心中不禁涌上了一阵感慨。距离上一次来这里已经六年了，不是他不想回来，也不是他不想念这里。他毕竟在这里生活了多年，也自然想念这里的一砖一瓦和一草一木。可是，自从那件事发生后，他感觉苏阿姨不愿见到他，他只好选择了回避。

按响门铃，苏阿姨为他开了门。

“苏阿姨，我来看看小雨。”苏丁丁说道。

“是丁丁啊，快进来。”苏阿姨很高兴地把他请到屋里。

“小雨的情况怎么样？”

“还好。”

穿过客厅，左手就是小雨的房间。小雨虽然出嫁了，但是房间还保留着原来的布置，只是在淡淡的清香间多了一些药品的味道。

小雨躺在床上，正默默地望着窗外的天空。听见苏丁丁走进来，她才回过头弯了弯嘴角，做出一个微笑的表情。

苏阿姨没有进房间，说：“你们俩先说话，我去炒几个菜。中午就在家吃吧，有些年家里人没有一起吃饭了。”

苏丁丁坐到床前的椅子上看着小雨。这几个月以来，他总是这样静静地看着她，往往一看就是一天。

小雨也看着苏丁丁，看着看着，眼角就无声地淌下泪来。

苏丁丁连忙帮她擦去泪水，劝道：“好啦，都会过去的，让自己开心些。”

“丁丁，”小雨一把拉住苏丁丁的手，伤心地说道，“我是不是再也站不起来了？”

“别瞎想，会好起来的。”小雨虽然醒过来了，大脑的损伤也治好了，但是她的脊椎和骨盆是粉碎性骨折，这一生只能瘫痪在床。苏丁丁无法将这个残酷的事实告诉她，只能装作若无其事的样子劝慰。

“我不想嫁给柳若然了。”小雨忽然说道，声音虽小但是很坚定。

“怎么，他对你不好吗？你昏迷的时候，他一直守在你身边。夫妻俩哪有不吵架的，过些天就好啦。”

小雨不说话，开始默默地抽泣。

苏丁丁一时没了主意，哄女孩子开心可不是他这个宅男的强项。望着小雨那楚楚可怜的样子，他想起陈远的事情，不禁感慨：“小雨还在，就好。”

中午留在家里吃的饭，刘叔叔还特意从单位赶了回来。餐桌边，苏阿姨几次感谢苏丁丁，话语间对他亲切了许多，刘叔叔也对他充满了感激。

吃饭的时候，苏丁丁问起柳若然怎么不在。刘叔叔回答：“他单位那边很忙。在医院期间就耽误了很长时间，他再不上班恐怕工作就要丢了。”可是，苏阿姨却在旁边不断叹息。

吃过饭，又安慰了小雨几句，苏丁丁起身告辞。出门的时候，他犹豫着说道：“如果你们也忙，小雨可以在我那里长期疗养，反正我平时也没什么事。”

苏阿姨的眼圈一下子就红了，她一把抱住苏丁丁，抽泣着说道：“以前是苏阿姨不好，你别在意，以后你就是我的亲儿子。不过……我们两口子商量过了，再也不会让小雨离开我们的视线了。我和你刘叔叔都申请了退休，以后就在家里照顾小雨。”

从小雨家出来，苏丁丁的心情非但没有变轻松，反而更加沉重了。他启动车子返回怀柔，他的生活如此简单，除了记忆所，根本无处可去。

车子进入地下车库前要经过十号楼正门。苏丁丁经过那里的时候，看见一个熟悉的中年男子坐在门前的台阶上。他刹住车，降下车窗，喊道:“这不是李大警官吗，是找我吗？”

见到苏丁丁，李利连忙站起身，说道:“你这里怎么成了军事禁区？他们说什么也不让进，我给你打电话还关机了。”

苏丁丁这才想起来，自己的手机还在办公室充电呢！他连忙赔笑说道:“抱歉，抱歉，手机忘在单位了。”

进了办公室，李利径自给自己沏了杯茶，他打量着周围说道:“这可比以前的环境好多了！怎么，荣升所长了吗？”

“我一个小屁孩，可能吗？快别笑话我了。”

“你这办公室可确实是所长待遇啊。”

“我也纳闷，现在十号楼都是记忆所的，可是只有我一个员工。”苏丁丁也环视了一下办公室。

“是不是有什么重大突破，引起上面重视了？瞧，连卫兵都有了。”

苏丁丁一怔，心想记忆互联的事发生在记忆所搬家之后，不可能因为这个。随后，他想起了吕天明老人，心想八成是老人对自己的境遇动了恻隐之心。

“我这地方，您三年都没来过了，不会是来恭喜我乔迁之喜吧。”苏丁丁转移了话题。

李利的情绪立刻低落下来，长叹一声，说：“还记得林颐吗？”

苏丁丁想了一下，反问：“就是那个肢解了两个壮男的林颐？”

李利点点头，说道：“判决下来了。死刑，一周内执行。”

像这种性质恶劣的案件，如果没有特殊情况，一般都是这种结果。可是，看李利的表情，又不是同情这么简单。苏丁丁斟酌着问道：“你还认为……她是无辜的？”

李利沉默不语。他端起杯子喝了一口茶，却被烫了嘴唇，险些失手摔了杯子。他含糊地说道：“我可没这么说，只是——只是……心里闷得慌。”

“那就说说呗！我这里又不是公安局，把我当作不相干的朋友，随便聊聊。”苏丁丁开导道。他十分好奇，究竟是什么缘故让李利这位经验丰富的老刑侦动了恻隐之心。

“你不要瞎想！”李利瞥了苏丁丁一眼，好像看透了他的心思，“我只是觉得这件事太蹊跷了！这个案子明明还有很多自相矛盾的地方，却就这样结了案。这女孩子也怪可怜的，明明是受害者最后却反而成了凶手。”

“后半句是重点吧。”苏丁丁揶揄道，“您总不会是因案生情吧。”

“随你怎么说吧。”李利点起一支烟，猛吸了几口说道：“我经手过那么多案子，见过那么多嫌疑人，积累了大量经验。一般情况下，只要我跟嫌疑人聊几句，便可猜出他的作案动机和心理活动。可是这个林颐，我一见她，就觉得她是无辜的。我前前后后对她提审了八次，可是越提审越迷惑。按理说，像她这么简单的一个人，不可能瞒过我们这些整天与犯罪打交道的老刑侦。所以，我认为这个女孩子是无辜的。可是，所有的证据又都指向她。”

“法律只重视证据，这个您比我清楚。”苏丁丁说道。

“所以啊，”李利颓然地靠到沙发上，“老哥我迈不过自己这道坎，也只有到你这里来发泄下情绪。”

“也许，我可以再试一下记忆解读。”苏丁丁说道，“最近我这里有了一点突破。”

李利猛然坐起，颤声问道：“这是真的吗？”

苏丁丁用开玩笑的语气说道：“没看见门口的卫兵吗？现在这里可不是地下室里的记忆所了。不过，我还是要劝您，别抱太大希望。麻烦您在这里等一下，实验室现在可是高度机密的地方。”

李利的心情一下好了许多，道：“故弄玄虚！好，我就在这里喝茶，快去，快去。”

五——六——七……“丁零”一声，一扇门左右分开，露出铺着地毯的电梯厅。电梯对面的墙上装饰着一幅风景画。

苏丁丁从记录者的视角分离开来，就看见一个身材高挑、容貌秀丽的年轻女性走出电梯。

这应该就是林颐。苏丁丁端详着对方，价格不菲的套装、名牌挎包、精致的妆容，都显示出这是一个很有生活品位的女性。他也注意到，这个女人的脚步僵硬，身体在微微发抖，就连抓着包的手都因紧张而关节发白。

电梯门关闭，女人仍然站在原地没动。三四分钟之后，她终于向左侧的走廊走去。不过，她的脚步很慢，步伐很小，甚至有些飘忽。

走廊里没有其他人，显得出奇的安静。这里的灯光很暗，除了一些指示牌和消防疏散标志外，一切都隐没在阴影中。

在 713 房间门口，女人站住了。她伸手要去按门铃，可是犹豫了一会儿又停下了。如此反复了几次。苏丁丁看到女人的胸口剧烈地起伏着。手腕上的浪琴表指向了十点四十分，她终于鼓足勇气，按下了门铃。

门很快打开了，一个中等身高、体型精瘦的男子出现在门后，眼睛贪婪地在林颐胸前扫了一眼，埋怨道："怎么才来，时间就是金钱，知道不？"

林颐没说话，站在门口犹豫着，被男子一把拉了进去。

房间是一个标准间的布局，门厅左边是卫生间。房间的左手边有两张单人床，右手边是写字台和电视，靠窗户的地方放着两把圈椅和一个圆形的茶几。

一个身材高大、面色微黑的男子跷着二郎腿，悠闲地坐在圈椅上。他嘴里叼着香烟，皱了皱眉头，训斥开门的男子："猴子，对女性要有礼貌。”

林颐走到这名男子面前，恭敬地说道：“罗大哥。”

“来啦。”罗姓男子指了指边上的单人床，微笑着说道：“坐下说话，来了就好，这说明你想开了。我们的误会从今以后就消除了。”

“谢谢罗大哥。”林颐没有坐，赔着笑说道：“我来呢，是想请您再宽限两个月。我和我爸妈商量了，他们愿意把养老的房子卖了，再向亲戚借点儿，无论如何都会把钱还上的。”

“不急。”罗大哥态度和蔼，“这以后呢，我们就是一家人，有事互助互爱，什么都好商量。”

“太谢谢您了！那您看，我就先回去了。”林颐说罢，匆匆转身。

猴子从后面拦住她，笑着说道：“我们现在可还没成为一家人呢。”

林颐低着头，紧紧抓着包，进退两难。

罗大哥在后面平静地说道：“强扭的瓜不甜，算了，让她走吧。”

林颐如释重负，从猴子与墙的缝隙间钻过，快步向门口走去。就在她的手触到门把手的时候，罗姓男子的声音不紧不慢地传来：“豆豆是在阳光幼儿园吧，那里的环境还不错……”

林颐的身体立刻像雕塑一样僵在了那里，接着浑身颤抖起来。

“大家都是成年人了。你既然来了，肯定是想明白了，就别像小孩子那样扭捏了。”罗大哥的声音很温和，“这天怪热的，去洗个澡吧。”

林颐仿佛没有听见，她站在门前手握着门把手，头低垂着，不知道在想什么。

猴子伸手搂在林颐腰间，在她耳畔邪笑着说道：“要不，我帮你？”

林颐一下子打落了对方的手，扭头冲进了卫生间，然后重重地关上门，随手把门反锁了。

见林颐进了卫生间，两个男子默契地相视一笑。

打开淋浴喷头，水声在卫生间响起，林颐坐在浴盆的沿上一动不动地呆了七八分钟。猴子在门外用力砸了两下门，咒骂了两声。林颐的身体一颤，像从梦中惊醒，她茫然地看了看周围，然后开始脱衣服。

苏丁丁没有回避，他知道这个时候将发生一些事情，果然，林颐胡乱把身体打湿，然后拿了一条浴巾围在胸前。接着，她从包里拿出一把银色的手术刀塞在浴巾里，打开门走了出去。

见林颐出来，罗姓男子点头微笑，猴子的目光在林颐裸露的肩头和小腿之间游动。

罗姓男子站起身，说道：“我去洗澡。猴子，陪小林说会儿话，要讲礼貌，别贼眉鼠眼的。”

罗姓男子进了卫生间，水声响起。林颐在靠窗一侧的单人床的床沿坐下。她一动不动，湿漉漉的头发垂下来，让人看不见她的脸。

猴子从圈椅里挪到林颐身边，一只手搭在林颐肩头，说道：“你瞧，我们马上就成一家人了，我一定会对你好的。”

说着，猴子的另一只手扯开林颐的浴巾。就在这个时候，他看到林颐的手扬了起来。一道银光划过，他感到喉咙一阵剧痛，接着就看见林颐手握带血的手术刀，用冰冷嗜血的眼神瞪着自己。

猴子想呼救，可是他的喉咙间只能发出嘶嘶的漏气声，血从那里喷射而出。他双手用力捂住咽喉，试图躲避林颐手中那把手术刀。然而，他提不起力气，只能任由那冒着寒光的手术刀在身体上穿梭。一下、两下……十下、二十下……他的力气越来越小，视线越来越模糊……

水声停了，罗姓男子赤着身子走出来。他站在门厅，拿毛巾擦着头发。忽然，他觉得房间里静得有些瘆人，接着一股浓重的血腥味直冲他的鼻孔。他拿下毛巾一看，鲜血喷溅的到处都是，犹如置身屠宰场，他一时惊呆了。

林颐回头看了看罗姓男子，露出一个微笑。她的半边脸被血染红，这一笑形同鬼魅。

罗姓男子双眼凸出，脸因为恐惧而扭曲，嘴巴张得大大的，却没有发出任何声音。

林颐的左手原本搂着猴子的脖子，这时她松开了手，在他肩膀上拍了拍，接着起身向罗姓男子走去。猴子在她身后缓缓躺倒。

罗姓男子终于回过神来，转身去拉房门。谁知门之前被猴子反锁，他折腾了一阵也没能打开，只好又手忙脚乱地去拽防盗链。突然，他觉得肋下一阵刺痛。扭脸一看，他发现林颐正用手术刀扎进自己的身体！他更加慌乱地用力去拽防盗链，试图马上逃离此地。然而，越着急越拽不下来！刺痛一阵接一阵传来，他的肋下很快便出现一个血洞。鲜血从洞口汩汩而出，不一会儿便在他的脚下汇集了一大片。

林颐终于停了下来，罗姓男子瞬间瘫软在地。接着，林颐抓起男子的头发，把他拖到房间里，扔在另一张单人床上。然后，她坐到一把圈椅里，拿起罗姓男子的香烟，点燃一支慢慢抽了起来。

如果苏丁丁有身体的话，那么他现在应该在写字台与墙的夹缝里，抱着落地灯杆瑟瑟发抖。他原本以为自己做好了心理准备，但是这血腥的杀人场面还是让他惊恐万状。

吸完了一支烟，林颐又静静地坐了一会儿。随后，她又点燃了一支，不过没有吸，而是站起身，走到罗姓男子身边，把烟头向他的敏感部位按去。男子这时候还没有咽气，肋下堆着一片带血的泡沫，随着他费力的呼吸而有节奏地在喷吐。烟头的高温让他的身体一阵痉挛，他想咧嘴呼喊却发不出任何声音。

林颐似乎很享受对方身体的痉挛，她拿烟头一下一下地烫着对方的身体。过了一阵子，她又来到另一张床上，对猴子如法炮制。不过，猴子已经一命呜呼，他大睁着眼睛，一点反应也没有。

直到烟盒里剩下的半盒烟用完，林颐才停下来。然后，她打开包，拿出一把剔骨尖刀。

苏丁丁回过头，他实在不敢再看下去了。如果不是为了李利，他现在就会退出追溯。房间内响起阵阵砍击声和撞击声，伴随这些声音林颐的喘息声越来越重。苏丁丁屏息听着这些声音，感觉自己的头皮一阵发麻。

不知道过了多久，房间里终于安静下来。苏丁丁慢慢回过头，看见床上有两张人体拼图。林颐站在两张床中间，左看看，右看看，似乎还算满意。接着，她随手扔掉刀子，转身进了卫生间，随后水声响起。

苏丁丁犹豫了一下，跟了进去。他看见林颐站在淋浴喷头下，用带着热气的水流冲洗着自己的身体。热水和鲜血交汇在一起，沿着她的身体流淌，然后在她脚下汇聚，最后消失在地漏中。淋浴完毕，她关闭水龙头，用浴巾把身体仔细擦干，接着把放在浴巾架上的衣服一件件穿好，随后又站在化妆镜前重新画了一遍妆。然后，她背起包走出卫生间，打开了房门的防盗链，拉开门走了出去。

房门在她身后关闭，她的身体也随着关门声颤抖了一下。接着，她一动不动地站了两三分钟，随后缓缓转身看着 713 的门牌，按下了门铃。

当然不会有人开门！她等了一阵子，无意中低头看见鲜血从下面的门缝中涌出来，她立刻惊恐地尖叫起来。

苏丁丁如释重负，退出了追溯。

苏丁丁和李利相对而坐，李利双手捧着茶杯，等待着苏丁丁说话。

苏丁丁的手此时还在颤抖，他似乎还能在空气中闻到浓重的血腥味。他看了看李利，说道："事实的真相是，那个女人就是一个冷血的杀人凶手。"

李利沉默着，突然把杯子重重地放在茶几上，用眼睛瞪着苏丁丁。他似乎要大发脾气，最后却忍住了，用尽量平静的口吻说道："也许她被逼无奈杀了人，但不能否认她还是一个好母亲和好妻子。”

苏丁丁不客气地冷笑道：“李警官，你被那个女人的外表欺骗了，她只是一个残忍的、没有人性的恶魔！”

李利霍地站了起来，大声说道：“你凭什么说她是恶魔？你见过她吗，了解她吗，就凭你那不知所云的记忆机器，就凭你这神棍一样的身份这样说她合适吗？”

苏丁丁没有和李利争吵，他觉得很疲倦，于是用淡淡的声音说道：“凶案现场的香烟是不是山水牌的？”

“你怎么知道的？”李利一下子冷静下来，“我没有告诉过你，难道……”他恍然问道：“难道你已经能够看到了？”

“所以，”苏丁丁认真地看着李利，说道，“我说的是事实。”

李利有些颓然地退后两步，惊愕地望着苏丁丁，随后眼神黯淡下去。他转身向门外走去，嘴里喃喃说道：“原来，还是我错了，是我错了……”

苏丁丁没有去拦李利，他知道这个男人的内心非常强大，过些天就会好起来。

二十、救赎

看着李利消失在门口，苏丁丁跌跌撞撞地冲进卫生间，抱着马桶吐了个昏天黑地。吐完后，他在洗手盆前洗了把脸，觉得自己似乎清醒了一些。他看着化妆镜里的自己，脸色白得有些吓人。

看看表，已经是下午六点，到吃晚饭的时间了，可是苏丁丁一点胃口也没有。他感觉自己身心疲惫，于是走进卧室，一头倒在床上沉沉睡去。

昏睡间，他梦见林颐直直地站在自己床前。她的脖颈上光秃秃的，鲜血还在往下淌。她用手拿着自己的脑袋，脑袋的额头上有一个枪眼，还淌着血。她把脑袋凑近苏丁丁，说道："你看，我这么单纯的一个人怎么可能是杀人凶手？"

苏丁丁端详着近在咫尺的那张面孔：皮肤白皙得没有血色，红唇微开露出两排洁白的牙齿；鼻子小巧微微上翘，显得娇小而秀气；弯眉如黛，杏眼凝视，单纯中带着些许凄婉。

“你瞧，”林颐指着头上的弹孔，“7.62毫米步枪弹，从后脑射入，前额穿出，花儿一样的生命就此凋谢。扣动扳机的人里面就有你。”

“是的，这是一张天使般的脸。”苏丁丁说道，“但是在你的头脑里，隐藏着一个从地狱走出的恶魔。”

“他们该死，这样的人渣死一千次都不够。”

“他们是该死，但不应该由你来处决！你拿起刀的那一刻，也就和他们一样了。”

林颐笑了起来，然后又转为哭泣，她说道：“谁能帮助我，我就给他们下跪，苦苦哀求，可是没用！我找了所有的机构，可是他们游走在法律的空隙中，谁能惩罚他们？”她的声音变得冰冷，“只有我手中的手术刀！”

林颐的手上随即出现了带血的手术刀。

苏丁丁从梦中惊醒，冷汗渗满了额头。望着暗淡的夜色，他喃喃说道：“一面是天使，一面是魔鬼……”

苏丁丁的脑海里忽然划过一道亮光，他匆忙穿上义足，向实验室走去。

系统启动，林颐的记录被再次载入。

电梯门开启，林颐走出电梯，站在原地徘徊。苏丁丁近距离地看着她，仔细观察着她的每一点细微变化。她的头垂得很低，像犯了什么错误；她的眼神很清澈，透着迷惘和挣扎；她的手细嫩而修长，柔若无骨。是的，李利说的没错，没有人会相信这么一个柔弱的女子会做出那么残忍的事情。

林颐沿着走廊前行，停在了 713 房间的门口。这时，她的身体开始颤抖，按向门铃的手举起又放下。是的，她在犹豫，她知道按下门铃之后会发生什么，但是她没有办法。

门铃响起，门开了，林颐走进房间。看到两个男人的一瞬，她的眼神中本能地掠过一丝厌恶，但是随之换上虚伪的微笑。这对她来说并不容易，因为她不会撒谎，笑容里仍然带着掩饰不住的厌恶。

在和两个男子对话时，她有些心不在焉，因为她在想如何逃避即将发生的事。猴子挡在眼前的那一刻，她害怕极了，眼中露出了绝望的神情。

她躲进了卫生间坐在浴缸沿上，单薄的身体不住地颤抖，泪水无声地从眼眶滚落。随后，她像窒息了一般大口喘气，接着又忽然安静下来。苏丁丁感到，有什么东西不在知不觉中改变了。果然，他接下来看到林颐的身体不再颤抖，泪水也消失不见了，她的眼神变得冰冷……

林颐走出卫生间不久杀戮开始了。整个杀人分尸的过程，林颐非常冷静。她的动作干净利落，就像这些动作重复了千百遍一般。

苏丁丁退出追溯，坐在办公桌前，拿起李利走时落下的香烟。他找了个打火机，点燃了一支，刚吸了一口，就被呛得咳嗽不止。

掐灭烟，他沉默了一阵，拨通了李利的电话。

电话通了，但是无人接听。

苏丁丁放下电话，等着李利拨过来。接着，他打开电脑，在网上搜索相关资料，在脑海里不断思索自己的想法还有什么疏漏。

过了十几分钟，电话依然没有响。他看了看表，夜里十一点四十分。李利是个夜猫子，两个人经常在夜里一两点钟商量工作。他不会这么早就睡了吧？苏丁丁想了一会儿，又拨打了他的电话。铃声响了很长时间，还是无人接听。

想着这家伙走时失魂落魄的样子，苏丁丁突然有了一种很不好的预感，于是马上拨打了鉴定中心的电话。

拨了几次，一个男性才接了电话。听他问及李利，对方告诉他，李利中午就出去了，一直没有回来。苏丁丁没有李利的家庭电话，这家伙一直把家人保护得很好。无奈之下，他只能一遍遍地拨打李利的手机。

一连拨打了十几次，电话里终于传出了声音：“喂，你是谁？”

说话的是个女性，电话的背景音很是嘈杂，似乎正在放摇滚音乐，所以女人的声音很高。

“我找李利，他在吗？”

“找谁？”

“……找这个电话的机主。”

“哦……这个人喝得不省人事，不能和你通话。”

“你们是哪里？”

“‘朔风’酒吧。”

“地址在哪儿？”

“迎宾路。”

“迎宾路？”苏丁丁一怔，“是在怀柔区吗？”

“当然啦！快来接你这个朋友吧，别忘了带钱结账。”

挂了电话，苏丁丁有些啼笑皆非。到处找李利找不到，没想到他根本没回城里，就在离自己很近的地方。

换好衣服，穿上外出用的仿真义足，苏丁丁拿起车钥匙冲出门去。

苏丁丁驾驶那辆 212 吉普车离开科学院，走了两公里，便拐弯上了迎宾路。迎宾路是怀柔城的主要街道，两边灯红酒绿，霓虹闪烁。不过，由于已经是后半夜了，街道上车辆稀少。苏丁丁开车沿着迎宾路前行了一会儿，就看见“朔风”酒吧的霓虹灯招牌。

酒吧前的停车场不大，已经停满了车，苏丁丁只好把车停在路边。匆匆推开酒吧大门，震耳欲聋的摇滚音乐一下子充斥他的双耳。

穿过门厅，灯光一下子暗下来。探照灯一样的舞台灯光不时扫过人群。酒吧中央是一个很大的圆形舞池，许多青年男女在里面随着音乐晃动。舞池周围有许多散座隐在黑暗中。苏丁丁找了好一阵，才在角落里发现倒在沙发里的李利。

苏丁丁抓着李利的肩膀把他拉起来，然后将他靠在沙发上，接着拍了拍他的脸，喊道“醒醒”。

李利打了个嗝，喷出一股浓重的酒气。苏丁丁被熏得眼前一黑，气不打一处来，重重地给了这家伙一巴掌，吼道：“这么大人了，跑这儿喝什么酒？也不叫上我！”

李利慢慢睁开惺忪的睡眼，看了苏丁丁一眼，然后又闭上了，呼噜声再次响起。

看来他一时半会儿是醒不过来了，苏丁丁心里盘算着。于是，他拿起茶几上的一扎啤酒，倒在李利头上。不料，睡梦中的李利伸出舌头舔了舔流下的酒液，吧唧下嘴，嘟囔道：“再来一扎。”

实在没办法，只有先把这家伙弄回去再说。苏丁丁把李利的胳膊搭在自己肩头，半扶半拽地向酒吧外走去。

一个女服务员走过来，说道：“打电话的人就是你吗？把账结了吧。”

“多少？”

“一千六百八。”服务员递过来一张单据。

“什么？”苏丁丁一脸不可置信的表情。

“他点了一瓶洋酒，六扎啤酒，算上服务费，一共是一千六百八。”

苏丁丁在兜里掏出钱，很薄的一叠，根本不够，便喃喃说道：“这么多酒，他一个人喝得了吗？”

“这酒量还不如我呢。”服务员嗤之以鼻。

苏丁丁把手伸向李利的衣兜，又翻出些钱，总算凑够了。然后，他说:“麻烦帮忙找个人，帮我把他弄到车上去。”

“五十，还可以提供代驾服务。”

于是，酒吧里的一个青年和苏丁丁一起架着李利向外走去。走到门厅的时候，一个穿着牛仔短裤的女孩子从后面快步走来，率先向大门外走去。

擦肩而过的瞬间，苏丁丁看到女孩的侧脸忽然有一种似曾相识的感觉，可又一时想不起在哪儿见过。这时，酒吧的大门被从外面推开了，一个戴眼镜的青年走了进来。

苏丁丁并不认识这位青年，但是对方却冲他笑了笑，问道:“这是李利吗？”

苏丁丁以为李利的同事来了，于是很自然地点了点头。那青年不再说话，将手放进衣兜，再伸出时手上赫然握着一把匕首！苏丁丁哪里见过这阵势，只来得及“啊”的一声惊叫，便眼睁睁地看着锋利的匕首向自己的小腹刺来。

就在匕首即将刺进苏丁丁身体的瞬间，一条白皙修长的小腿飞来。脚上那白色的半跟皮鞋正好踹在持刀者的手上，匕首带着寒光从苏丁丁身边划过。

推门向外走的女孩不知何时返身回来，与戴眼镜的青年展开搏斗。女孩原本就很柔弱，手里又只有一个不大的手包，而戴眼镜的青年手中的匕首却未掉落，女孩一时间险象环生。

苏丁丁还站在原地发愣，帮忙的酒吧青年见势不好，撒开李利扭头就跑。女孩急切中喊道：“还不快走。”

苏丁丁反应过来，应了一声，拖着李利撞开大门向外跑去。

不知道是脑袋磕了大门还是吹了冷风，李利竟然清醒了一些。他看了看苏丁丁问道：“你怎么来了，出什么事了？”

“有人要杀你，快跑！”苏丁丁声音发颤。

李利不愧是刑警出身，他听后浑身一震，酒立刻醒了大半，拉起苏丁丁就跑。

刚跑进停车场，两人就看见两个黑衣男子正从一辆路虎上下来，单看对方的眼神就觉得来者不善。

“你的车停哪儿了？”李利停下脚步问。

“在路边。”

“走，坐你的车。”

李利拉起苏丁丁扭头就走，后面顿时脚步声大作。李利闻声立刻跑起来。苏丁丁回头看了一眼，只见那两个男子正快步追来。他心中一阵惊恐，撒腿就跑。他那双仿真义足是专为跑步设计的，带有机械助力，没几步就追上了李利。

苏丁丁以前所未有的速度拉开车门，启动发动机，接着松刹车、踩离合、挂挡，然后重重踩下了油门。212 吉普车轰鸣一声冲了出去。李利刚刚坐到座位上，还没来得及关门，险些被甩出去。

车后面传来砰砰两声爆响，一颗子弹击中了A柱，擦起一道火花。苏丁丁吓得猛打方向盘，车子在空旷的公路上扭出了一个S形，险些翻车。

“究竟有什么仇、什么怨，竟然都动枪了！你究竟招惹了什么人啊？”苏丁丁吼道。

“我怎么知道！恨我的人多了，也没见过这么穷凶极恶的啊？”李利也晕。

“现在去哪儿？”

“有两个地方安全，一个是公安局……”

“怀柔公安局吗，在哪儿？”

“我也不知道啊，平时没业务联系。”

“快查导航。”

“另一个地方更安全。”李利没有掏手机，而是继续说。

“哪儿？”

“你那里啊，你那里有卫兵保护啊！”

苏丁丁一怔，李利扭头看着后面喊道：“加速，后面追上来了。”

苏丁丁从后视镜里看到两盏大灯亮起来了，那辆路虎加速追了上来。

他连忙把油门踩到底，可是这辆吉普车的最高速度不过每小时100公里，他只能绝望地看着后面的车越来越近。就在两车相距十几米的时候，一辆绿色的东风猛士越野车从路虎的后面冲出，与它撞在了一起。接着，路虎车和东风猛士都停了下来，几秒后，红色的弹道在两车之间交织而起。

苏丁丁急忙趁机驾驶 212 吉普车冲向记忆所。

“是你的同事来救你了吗？”苏丁丁不断看着后视镜，心有余悸地问。

“我可没那么大面子，那些人是保护你的。”李利说道。

“我？”苏丁丁觉得这是他听过的最好笑的笑话了，“保护我这个宅男加神棍？”

“你没看见那是辆军车吗？从车上下来的也是军人，和你单位门口站岗的人一样。”李利看了苏丁丁一眼，迷离的目光中带着复杂的神情。

苏丁丁一阵无语，心里想着，看来要去拜访一下吕天明老爷子了。

一进苏丁丁的办公室，两个人同时瘫倒在沙发上。

歇了一会儿，喘息逐渐平衡，李利歪头问道：“你怎么知道我在酒吧？”

“我给你打电话，是酒吧服务员接的。”

“你找我有事？”

“是的。”苏丁丁看着李利，说，“我又做了一次验证，看来你的直觉是有道理的。”

“你是说林颐的案子？”李利一下子坐直了身子。

苏丁丁点点头。

“你是说，案子不是林颐做的，凶手另有其人？”李利追问。

苏丁丁偏头想了想说道：“也是，也不是。”

李利一阵头晕，不知道是酒没醒，还是理解能力下降了，反正没听懂。他斟酌着措辞，问道：“你是说，你看到了另外一个凶手？”

“是的。”

“顺峰宾馆的录像显示，在案发之后没有其他人离开，现场凶器上的指纹也都是林颐的，这都证明杀人凶手只能是林颐。”

“是的。”

李利更加迷惑了。他突然明白，可能不是自己的问题，应该是这个家伙脑子出问题了。

在李利发作之前，苏丁丁说道：“你别瞎猜，先听我解释清楚。我确实能够从追溯记录中还原出记忆画面了……我见到了林颐，如你所说，她确实是一个单纯的家庭主妇，生活中除了照顾孩子、做家务、逛商场、做美容，大概没别的了。这种人杀只鸡恐怕都不敢，又怎能残忍地杀害两个成年男子呢！我仔细观察了她在案发前的行为和表情，除了一丝隐藏很深的愤怒之外，只有害怕、后悔、颤抖、惶恐、无助……按正常的逻辑来讲，她最终只能屈从于两个骗子，并从此任其摆布。事情一开始也确实是这样发展的，我跟着她进了713房间，并在卫生间里目睹了她坐在浴缸沿上恐惧和无助的模样。然而，转瞬之间，她就换了一副面孔——恐惧和无助的神态消失了，换上了残忍和嗜血的表情。她拿出手术刀，回到房间便开始了杀戮。”

李利看着苏丁丁发出一阵冷笑，随后说道：“叫你神棍真没屈了你，连你自己都在证明。”

“在我说完之后，我接受你的道歉。”苏丁丁说道。

李利摊开手，做了个请的姿势。

“医学上有一种极为罕见的病症叫作‘嵌合体’，它是指一个生物个体是由两个或多个不同的受精卵的胚胎组成的。这种病只有通过基因检测才能识别出来，全世界确诊的也不过100多例。”苏丁丁见李利仍是一头雾水，继续解释道，“我认为，林颐在母体内的时候，应该有一个双胞胎姐妹。但是，她们在子宫里产生了融合，最终由两个人变成了一个人。这件事林颐的父母和她自己可能都不知情。通常，林颐都表现得像一个正常人，只有在某些极端情形下——比如极端的无助或者愤怒——另外一种隐形的人格才会显现出来。”

“你是说，林颐的双胞胎姐妹制造了凶杀案？”

“这是我的猜想，可是只有这样才能将凶案矛盾的地方讲通。”

“怎么才能够证明你的猜想合理？”

“只要做个基因检测就可以了。如果我的猜想正确，你们会在林颐的体内检测到另一个人的基因。”

“可是现场的凶器是林颐带进房间的。”

“你怎么知道把刀放进包里的人不是她的姐妹呢？”

“这个……世界上还没有过这么离奇的案子，该怎么从法理上解决呢？”李利挠头。

“科学，我解决；法理，就是你的事了。现在，你可以道歉了。”

苏丁丁向李利讲完之后觉得一阵轻松，他想，自己的猜测应该准确无误，一个是天使，一个是魔鬼，以后自己应该不会再梦见林颐过来索命了吧。

二十一、画

涉枪案件在中国一般都是重案、要案。遭遇枪袭那天，二人还在车上的时候，李利就已经报了警，可是之后便石沉大海。

第二天早晨，再给警情指挥中心打电话，对方却说接警的民警已经下班了，他不太了解李利所说的事情，希望李利向地方公安局了解情况。李利又给怀柔公安局打电话，得到的消息是他们没有接到出警通知，怀柔地区昨晚没有发生任何刑事案件。

李利一头雾水，又给鉴定中心的同事打电话，请他帮忙了解下情况。他的车还在酒吧的停车场扔着呢，万一对方还要报复呢。

过了好一阵，电话回过来了。李利听了一阵，挂断电话，狐疑地看着苏丁丁。

苏丁丁被他看得莫名其妙，问道:“情况怎么样?”

“同事在电话里说，让我别再追问了，就当昨晚什么事情也没有发生过，并且对这件事情要严格保密。他还告诉我，这是我们局长亲自叮嘱的。”李利叹息一声，接着说，“我一直以为你是个被科学院遗忘在角落，随时都可能丢掉工作，一事无成又不求上进，有今天没明天的宅男。你究竟做了什么，会成为一伙持枪暴徒的追杀对象?你又有什么重要价值，可以让国家动用军队 24 小时保护你?而且，你的事情竟然成了国家机密，连我这样的人都无权过问!说不定，过不了多久，我连见你一面都做不到了。”

苏丁丁立刻反驳:“那伙人要杀的是你好不好!去救你的人是我，被连累得差点连命都丢了的人也是我!你这辈子把多少人送进了监狱?指不定有多少人想报复你呢!况且，暴徒持枪追杀我一个宅男有什么意义?”

“在酒吧喝了那么长时间的酒，也没见谁杀我。你一来，凶手就来了。和暴徒火拼的可是军人，不是警察!而军人在哪儿?就在你办公楼的门外站岗呢。你能说跟你没有关系?”

苏丁丁想了想，觉得是惯性思维让自己认为，身为刑警的李利才会和暴徒沾上关系。再加上，酒吧里的眼镜男问了自己搀扶的人是不是李利之后才动手。这更让自己确定了李利才是暴徒袭击的目标。现在回想起来才发现，那把匕首可是刺向自己的。另外，和对方搏斗的女孩自己似乎在哪里见过，与暴徒进行枪战的军人也似乎是有备而来。

看样子，李利说的有些道理，这帮暴徒很可能是冲自己来的。可是，这究竟是为什么呢，自己确实是一个无足轻重的宅男啊。

“那……我该怎么办？”他茫然地问道。

“你究竟做了什么事？”

“我什么也没做啊？”

“那怎么会有人要杀你，又有人要保护你？”

“我真不知道啊！要是真有什么，我能不告诉你吗？”苏丁丁有点急了。

“你也别着急。现在看来，至少在这个院里，你是绝对安全的。其实，我觉得你大可不必为安全操心。在这个国家里，没有什么势力能够跟国家机器对抗。你现在要做的，是要弄明白这一切究竟是为什么。”李利说道。

“那你帮我调查一下啊，我可就你这一个警察朋友。”

“这水太深了，局长大人亲自交代让我不要过问，你还是好自为之吧。”李利有些幸灾乐祸，发觉苏丁丁有翻脸的迹象，连忙又说，“别瞎担心啦！局长要我退出，自然是因为有更高层的人在暗中保护你。我保证你没事。”

李利一身轻松地走了！他忙着去做林颐的基因鉴定了，现在轮到苏丁丁心事重重了。

看看已经到了上班时间，苏丁丁去一号楼找了一趟院办公室王主任。

王主任对苏丁丁极为热情，又是沏茶倒水，又是问寒问暖。

不太擅长交际的苏丁丁尴尬地回应了两句，便单刀直入地将自己心中的疑惑一一抛出：为什么记忆所恢复了十号楼的办公场所，为什么会有军人站岗，既然要重整记忆所，又为什么到现在所里还是只有他一个人。

王主任对此讳莫如深，只是支支吾吾说些不着边际的话。

不得已，苏丁丁只好把昨晚的枪击事件说了出来。

王主任听后立刻变了脸色，说马上就向上级汇报，一定会彻查此事。

苏丁丁忽然问道："这些事是不是和吕天明老爷子有关？"

王主任摊开手说道："关于你的事情都是科学院领导层决定的，因为什么，我确实不知道，也根本无权过问。"

苏丁丁听后心里却有了底。他回到记忆所，找出吕天明的电话打了过去。接电话的是一个陌生的男子。在确认对方是老人家的秘书之后，苏丁丁便询问能不能去拜访一下吕老。对方沉默了一下，回答称先去询问一下领导的意见，然后再通知他。

放下电话，苏丁丁把发生的这些事又想了一遍，还是找不着头绪，而睡意却渐渐来袭。又是一天一夜没合眼了，左右也没什么事情，苏丁丁索性倒头就睡。

这一觉苏丁丁睡得并不好，小雨坠楼、林颐凶案、酒吧枪击事件，不断在梦里闪现。半梦半醒之间，一串电话铃声把他吵醒了。

是吕天明的号码，打电话的还是那位秘书。苏丁丁和对方将拜访时间定在明天上午 11 点，地点定在 301 医院特护病房楼。

看看时间，已经是晚上 10 点了，自己睡了整整一个白天。苏丁丁顿时觉得饥肠辘辘，可是又懒得出门吃饭，他只好去厨房找了两袋方便面充饥。

在卫生间洗漱完毕，苏丁丁觉得精神好了许多。想着明天要见吕天明了，他心想还是把老人留下的记忆追溯记录解读一下。吕天明老爷子没有接电话，还住进了医院，看来他的健康状况令人担忧。如果把那幅画解读出来，自己也算是帮老人完成了最大的心愿。

系统启动，载入 12237 号记录样本，记录者：吕天明。

吕天明从睡梦中睁开眼，周围一团漆黑，但是他的脑海里却出现了一束光。在这束光的照耀下，那幅画终于从阴影中完整地显现出来。

吕天明像年轻人那般敏捷地翻身下床，光着脚向书房走去。他不敢低头穿鞋，也不敢开灯，因为他害怕这幅画像出现时那样，再无声无息地消失。

终于坐到了画椅上，那幅画还在，他轻轻松了口气。星光从窗户照进来洒在白色的宣纸上，给人一种虚无的感觉。

吕天明拿起各种颜料开始在调色盘中调色。这些操作已经成了他生活的一部分，即使闭着眼也能够完成。何况，此刻他的脑海与视野一片光明。

苏丁丁从吕天明的视野中脱离出来。他看了看窗外，外面一片繁星，仿佛伸手可摘。书房里有些黑暗，但适应一段时间之后，里面简单的摆设逐渐浮现出来：一张带抽屉的书桌，一把简单的木椅，还有一个占了整整一面墙的大书柜。靠近窗户的位置放着画椅和一张条案，条案上铺着一张五尺全开的空白宣纸。

苏丁丁仔细端详了吕天明一番，他发现吕天明的眼睛炯炯有神，手上的动作极为熟练。可以确认，吕天明现在是清醒的，不是处于梦游状态。

忙碌了一阵，吕天明拿起了画笔，在调色盘里浸了颜料。可是，在画笔即将落在宣纸上的那一刻，他却停住了。

吕天明在思考着、犹豫着。开头的一笔永远是最难的，因为它往往决定着整幅画的成败。

终于，吕天明的画笔落了下去。他的动作很慢，但是没有停顿，刷刷点点，一路挥洒下去。

然而这时，苏丁丁却惊讶地发现，宣纸上仍然是一片空白。吕天明的画笔并没有在上面留下任何痕迹。

这不可能！苏丁丁凑近宣纸细细端详。画笔上明明蘸了银色的颜料，笔也确实落在了纸上，画纸怎么可能是空白？他又看了看吕天明，老人的神色如常，仍然在全神贯注地作画。难道，只有吕天明自己才能看到他现在所作的这幅画？

苏丁丁无法解释这不可思议的一幕，可是这一幕又确确实实在他眼前发生了。他思考了一下，重新回到吕天明的视角，于是不可思议的事情再次发生——他看见了那幅画！随着吕天明刷刷点点，一些银色的斑点出现在画面上。刹那间他明白了，吕天明当初在办公室里说的是实情。这幅画恐怕只存在于他的脑海里，不能够被他人解读。如果不是借助吕天明的视野，那么他看到的也只是一张白纸。

苏丁丁意识到，这已经超出了他能够理解的范畴，于是索性不再去想。他更感兴趣的是，吕天明老人究竟在这样一幅看不见的画中画了些什么，才导致这不可思议的事情出现。

吕天明并没有采用传统的国画技法，他没有先用墨勾勒出画的大致结构，而是一开始便用与宣纸颜色相近的泥银颜料大肆涂抹。随着画笔游走，这些银色颜料星星点点落在宣纸上。苏丁丁观察了很久也没看出吕天明画的是什么，没有线条、没有规律，星星点点的银色颜料在宣纸上随意分布着，就好像往纸里掺入了一些银箔。不过，苏丁丁知道这些银色肯定是有意义的，只不过自己看不出罢了。

过了半个小时，吕天明终于更换了颜料，这次他用的是黑墨。苏丁丁仍然看不出这幅画的奥秘，也摸不透他下笔的规律。不过，他能看出吕天明这次的绘画技法改为了渲染和勾勒。又过了一阵，随着黑色的蔓延，苏丁丁恍然大悟，老人画的是宇宙星空。不过，他也不敢确认，因为这星空既不是地球上抬头看到的星空，也不是太空望远镜拍摄到的那种，更不是梵高等艺术家笔下的星空，只是那些银色的斑点和涂抹的黑色交织在一起呈现出来的画面犹如星空。

之后，吕天明老人又开始更换画笔，随着他选取的颜色越来越多，赤橙黄绿青蓝紫纷纷出现在画面中。吕天明老人作画的速度越来越快，苏丁丁在一旁看着只觉眼花缭乱。

可是看着看着，他渐渐沉浸到一种玄妙的韵律中，似乎吕天明画出的每一笔都暗含着说不出的奥秘。

忽然，吕天明停了下来，凝眉思索着什么。

苏丁丁也随着清醒过来。这时，眼前的画已经从一幅类似黑白照片或者水墨写意的图画，变成了一个色彩斑驳的调色板。

苏丁丁暗自疑惑，难道是自己的欣赏水平太差？之前看似星空的画面，现在无论怎么看，也看不出画的具体内容，找不到规律，寻不出美感，完全不知所云。

吕天明又提起笔来，苏丁丁注意到，他这次仅在笔尖蘸了一些清水，接着便在纸上画了一连串的双螺旋符号。苏丁丁这次马上认出来了，这是 DNA 序列。不过，由于笔尖蘸的是清水，这符号落在纸上很快就随着水分的蒸发而消失了。老人的笔没有停，接下来的一个小时都在宣纸上重复着类似的符号。

在苏丁丁看得极度无聊的时候，不可思议的事情再次发生——那幅不明所以的画竟然动了！那一瞬就像冰冻的小溪开始流淌，凝固的光线开始普照，万物复苏，寰宇流转……

苏丁丁惊讶地再次望向那幅画，然而那画早已恢复了静止状态。苏丁丁不禁暗想，是自己的错觉吗？他试着只用眼睛的余光去观察这幅画，没想到画再次动了起来。

这幅画不能被观察，但是因为某种原因却可以被苏丁丁感知。

在苏丁丁的意识中，那些已经消失在纸上的DNA序列悄然浮现。不过，已经不是以前的样子了，它们变得更加复杂、更加壮大，就仿佛在快速地自我繁衍。苏丁丁的直觉告诉他，纸上的DNA序列就是无数个吕天明。他们把这幅图当成了一个广阔的星空，随着他们的降临，那些没有规律的色点、斑块、线条，变成了一个个开始运转的天体……

吕天明老人再次更换画笔，笔尖蘸的仍然是清水。他继续画着，画的似乎还是那些符号，可形状与细节又全然不同。这些符号与之前的那些接触、融合，一种异样的感觉从苏丁丁心头升起——他好像看到种类繁多、数量无穷的生物出现在画卷中。接着，他从画中看到了另外一些东西。

苏丁丁看到，自己躺在一个被放在墙角的襁褓里哇哇大哭，苏阿姨伸出手把他抱起来轻轻摇晃。他从那轻柔的动作和怜惜的眼神中体味到了人生的第一丝温暖。

苏丁丁看到，导师狠狠地把自己的论文初稿撕得粉碎，而后发出长长的叹息，犹豫片刻又坐下来仔细地与他分析论文的缺陷。他从此知道生命中有一种东西叫作责任。

苏丁丁看到，自己与小雨并肩行走在上学的路上。清晨的阳光落在小雨的发丝间，还有黑亮的眼睛和洁白的牙齿上，这美好的一幕让他的心莫名地颤抖。那一刻他知道那种感觉叫作心动。

苏丁丁看到，自己被柳若然打倒在地。他想反抗，可是他残疾的双腿和弱小的身体，都让他无能为力。与身体的疼痛比起来，他的心更痛。愤怒、无助、屈辱，这些情绪把他的心撕裂了，并在其中种下了一粒种子，叫作仇恨。

苏丁丁感到无法理解，按理说无论吕天明的画多么精妙，也不可能蕴含这么大的信息量。可是，这还没有结束，他不仅看到了自己的人生，还看到了无数个自己，在无数个世界里和无数个其他生物，演绎着无数个人生……

你是一个农民，你一生的时间都在耕耘房前那块不足两亩的土地。这块并不富饶的土地是祖辈们千辛万苦开拓出来的，养活了你和你的家人，也将养活你的子孙。洪水将这块土地吞没的时候，带走了你全部的希望，于是你绝望地跳入了洪水之中。

你是一个军人，在一个个战场中勇往直前，奋勇杀敌，直到一把刺刀插入了你的胸膛。你仰面倒下的时候，心中没有了雄心，也没有了仇恨，有的只是疲倦。于是，你闭上眼睛，永远睡去。

你是一个人，你是两个人，你是无数个人……你挥舞起第一块石头，你点燃了第一个火把，你种下了第一粒粮食，你锻出了第一把剑……你驾驶着一艘帆船向着海的彼岸前行……你的脚踩在月亮上，留下了人类走向星空的第一个足迹……

苏丁丁渐渐明白，并不是吕天明将这些信息融汇在一幅画中，他只是把最原始的那些因素——如大地、星空，如动物、植物，如爱情、仇恨，如事件、因果——以玄妙的规律融入一张宣纸上。然后，这些因素便开始自我演化，至繁杂，至深远，至无穷……

这，难道就是吕天明提到的沙吗?

星光逐渐淡去，世界进入了黎明前的黑暗。吕天明终于放下了画笔，他的目光仍然炯炯有神，但是他衰老的身体已经不堪重负。

苏丁丁看着吕天明颤抖着站起身来，蹒跚地走回卧室。他再次把视线投向那幅画，可是画面又变成了一片空白。

不可被观看，不可被解读，那只是吕天明一个人的沙的世界。

上午十点半，苏丁丁抵达 301 医院。在附近的花店买了个花篮，他来到特护病房楼。在门口的警卫室办理了登记，又给陈秘书打了电话，他等了一阵，才看到对方从电梯间匆匆走来。

陈秘书面无表情地冲苏丁丁挥了下手，便带着他来到六楼。

经过护士站的时候，他们被拦下来。护士让他们先在旁边的椅子上等候，然后没收了花篮，说病房里不允许摆花。苏丁丁注意到一个正在护士站里打电话的护士，因为那个人的眼睛有意无意地瞟了他几眼。

十几分钟后，一名医生带着几个护士从 602 病房出来，陈秘书这才带着他走了进去。

病房的面积和布置与宾馆的单人间类似，只是多了一些医疗设备。吕天明穿着一身病号服静静地躺在病床上，他的身体比二人初次见到的时候消瘦了很多，但是精神尚好。

吕天明向苏丁丁点了点头，然后对陈秘书说："光线太刺眼了，去把窗帘拉上吧。"等陈秘书拉上窗帘，他又说，"你先出去吧。我和苏博士聊一会儿，不要让任何人进来。"

陈秘书犹豫了一下，走了出去，并反手把门关上。

苏丁丁坐到老人身前，有些尴尬地说："本来带了个花篮，不过被护士没收了，只得祝您早日康复了。"

老人无所谓地笑了笑，道："虽然他们不说，但是我能感觉到，我这次大概出不了医院了。说实话，曾经觉得自己已经看淡了生死，可真到了这一天，才发现自己对这个世界还真有点恋恋不舍。我这样说会不会让你笑话？"

苏丁丁摇了摇头道："我不知道。"

"是啊，你正是初升的太阳，还想不到这些。"吕天明叹息道，"你来找我，一定是发生了什么事情。好吧，对我说说。"

"我是想问问，"苏丁丁说道，"让我们记忆所恢复编制的事，是不是您安排的？"

"你们所的编制一直都在啊，我只是让它恢复正常而已。"

"那……门口的哨兵呢？"

吕天明沉默了一下，说道："那幅画我相信无比重要，值得人类去守护。现在知道它的人只有我和你，所以……你懂的，我还有那么一点点特权。"

“只有我们两人知道吗？”苏丁丁喃喃道，随后他把酒吧枪击事件告诉了吕天明。

老人的脸色立刻阴沉下来，道：“这件事，他们还没有对我讲，相信他们正在追查之中。我必须警告他们严加防范，绝不能再出纰漏。”

“有这么严重吗？”苏丁丁疑惑。

“也许没那么严重，但绝不能掉以轻心。一些特殊的团体或者组织可能嗅出了什么味道，现在应该只是试探，一旦……”

“那幅画有那么重要吗？”

“只会比你想象的更重要。”

“我看到它了。”

“哦。”吕天明下意识地点了下头，但马上惊愕地望着苏丁丁，颤抖着问道，“你说什么？”

“我看到它了。”

“它什么样子？”

苏丁丁苦笑一声，道：“无法被观察，不能被叙述，您知道的。不过，我给它起了个名字，叫做‘沙砾’。”

“‘沙砾。”老人的目光中流露出向往的神色，然后他侧身在枕头下拿出一张名片，郑重地说道，“如果出现了任何问题，打电话给这个人，他肯定会帮你解决。此外，一定要记住，关于那幅画的任何事情，不要告诉任何人，包括名片上的这个人。”

二十二、燃烧

回到记忆所，苏丁丁的感觉并不好。与吕天明的见面，虽然确定记忆所的变化是其所为，但是身边发生的这些事让他觉得如坠五里雾中。直觉告诉他，自己恐怕陷入了一个巨大的旋涡。

看了看吕天明给的那张名片：质地普通，毫无特点，竟然是一个家政公司的电话。事出反常必为妖，想着老人那郑重其事的样子，苏丁丁还是选择将其贴身装好。

日子又恢复了以前的样子，至少看起来是这样。苏丁丁还是那个整天无所事事的宅男，不过现在是一个拥有一栋办公楼和军人警卫的宅男。

他每天六点钟起床，上厕所、洗漱；六点半出门，在研究院的体育场上慢跑半个小时；七点十分到达“北京早晨”，吃一份早点；七点四十分回到记忆所，把房间的卫生整理一下；八点准时坐在工作台前，打开电脑开始工作，也就是玩游戏。

下午六点下班之后，他在体育场锻炼一小时，顺便把晚饭吃了；晚八点到十点是自由时间；晚十点，洗漱、上厕所、上床、看书、熄灯休息……

如果非要说有什么变化，那就是他现在每三天回一次家。吃过午饭后，他驱车四十分钟到达福利院小区，陪小雨待一个下午，在家里吃过晚饭后返回记忆所。

另外一点，就是他的工资突然涨到了一万八，完全是所长的待遇了。此外，记忆所的账户上每月开始多出六百万的科研经费。这笔钱他不敢动，这是国家的资产，自己毕竟没搞什么研究。不过，工资就另当别论了。从前想送小雨的那些东西，他现在可以隔三岔五地买回来哄小雨开心。而且，他还可以每月拿出四千元交给苏阿姨作为生活费。这个举动让老人很感动，其实这也是苏丁丁一直想做的，只是从前有心无力而已。

小雨的身体状况趋于平稳，苏阿姨终于将瘫痪的事情告诉了她。经过一周以泪洗面的日子，小雨慢慢接受了这个事实，只是她变得沉默了，经常一天不说一句话。

回忆着小雨曾经天真活泼充满朝气的样子，苏丁丁心里很不是滋味。他想尽一切办法让小雨开心。虽然他在的时候，小雨经常努力装出很开心的样子，但是他能够感受到那笑容背后的苦涩。

也许，只有时间才能抚平她的那些伤口。

李利给苏丁丁来过几个电话。林颐的基因检测结果出来了，果然从中查出了另外一种基因。这证实了苏丁丁的猜想：林颐确实是罕见的嵌合体病例。林颐的死刑判决也被暂停执行了。不过这个案子还远未结束，其中的司法认定将是一个漫长的过程。

对于酒吧枪击事件，李利只字未提。但是苏丁丁知道，那并不意味着此事就此结束了。

好在记忆所有军人站岗保护，他也很少离开这里。即使偶尔外出，也会有一辆车若即若离地跟着自己。

至于自己的敌人或者对手是谁，苏丁丁不知道，也不想知道。不过对于那幅画，他始终保持着高度的兴趣，大概每周他都会进入吕天明的追溯记录中去看那幅画。然而，就在三个月之后的某一天，苏丁丁正随着画面的流转而思绪万千的时候，那幅画突然起了变化。前一秒它还是正常的，可是转瞬间就以肉眼可见的速度旋转起来，形成了一个色彩斑斓的旋涡。这个旋涡急速减小，大概三秒左右就缩成了一个黑点。最后，黑点也消失了，宣纸上成了一片空白。

苏丁丁退出追溯，发现自己额头上竟然布满冷汗。目睹这一切的大师兄也目瞪口呆，结结巴巴地说不出什么。

苏丁丁连忙检查电脑上的系统记录。在吕天明的追溯记录上，原本有占据服务器三分之一容量的乱码记录，可是现在它消失了，或者说彻底清零了。

苏丁丁知道，这意味着那幅画已经从自己这里消失了。

“这段时间有外部读取记录吗？”苏丁丁问道。

“没有。”大师兄回答。

“防火墙呢？”

“没有遭到攻击。”

苏丁丁忽然望着大师兄，道：“是你进行了误操作？”

大师兄摇摇头，道：“是数据内部进行了删除操作。”

“有办法恢复吗？”

“无法恢复，也没有备份。”

苏丁丁颓然地坐到椅子里。

过了一阵，他拨打了吕天明的电话，但是无人接听。

第二天，新闻里播放了科学泰斗吕天明去世的消息。从去世的时间看，正是“沙砾”消失的时候。苏丁丁想，或许是那幅画随着老人一起彻底消散在人世间了。

对于吕天明的去世，苏丁丁并没有流露过多的悲伤。人世间的生老病死本就是规律，况且老人传奇般的一生足以载入历史，相信他在离去的那一刻是满意的。

不过，苏丁丁有种怅然若失的感觉。那幅画倾尽了老人半生心血，自己也逐渐为之着迷，可是现在突然消失了。

苏丁丁冥冥中感到，自己错过了什么，人类错过了什么。

时间流逝，又是一个月过去了。这段时间除了记忆所门口的哨兵撤去了，什么改变也没有，什么事情也没有发生。

这天午后，苏丁丁像往常那样驱车赶往福利院职工小区。他先在小区附近的超市买了一束白色的百合，然后又买了一个火龙果和一个榴莲。小雨从前喜欢玫瑰那样颜色鲜艳的花，可是近来随着性格变得沉静，喜好也改变了，如今她喜欢百合这种素雅的花。“榴莲的奇怪味道会让小雨发个小脾气吧！”苏丁丁想到，“这样逗她开心也挺好。”想着小雨的口味，他又买了一些蔬菜。

苏丁丁推着满满的购物车来到停车场，正准备把东西往车里塞的时候，听见一声巨响。他四处张望，似乎一切如常。他抬起头把目光投向远处，发现福利院小区的方向有一团黑烟升腾而起。

不知道为什么，苏丁丁立刻有种不祥的感觉，他慌忙启动车子向小雨家冲去。

这段距离不足六百米，苏丁丁只用了三四分钟，便来到了苏阿姨的楼下。透过车窗，苏丁丁看到一单元四楼的两个窗口正冒出滚滚浓烟，隐约还有火光在浓烟中闪动。

由于是中午，小区里的人并不多。人们大概还没有从突发的火灾中反应过来，三三两两聚集在楼前的空地上，有的指指点点，有的打着电话。

苏丁丁分开人群，跑进了一单元的楼道。爬到二楼的时候，他看见一个人正瘫坐在楼梯上大哭。他隐约感觉那个人是柳若然。不过他没停下脚步，也没搭理那个人，而是继续往上跑。一口气来到三楼，烟雾从上面喷涌而出，呛得他几乎无法呼吸，但是他屏住呼吸继续前行。

终于上到四楼，他看见 401 室的防盗门被一股强烈的冲击波震到了对面 402 房间的门口，401 室内还不断有黑烟翻卷。

苏丁丁焦急地冲进房间，房间内烟雾弥漫，几乎什么也看不见。他一手捂着鼻子，一手摸索着向里面走。

伴随着刺鼻的气味，一团刺眼的亮光在左侧亮起，那是厨房的位置。苏丁丁猜测，大概是天然气在燃烧。苏丁丁想冲过去，但是被一堵火墙挡住了去路。不得已，他只得退回来。就在这短短的这几秒钟，他的头发已经有一半焦煳了，左边的袖子也烧着了。他犹豫了一下，转头进了右边的卫生间。打开水龙头，脱下衣服放进洗手盆，将被水浸透的衣服蒙在头上，他再次冲向火墙。

在穿过火墙的那一刻，高温瞬间将衣物点燃，让皮肤皲裂，死亡的气息扑面而来，但是他早已忘了危险。

房间里面有多处着火点，温度并不比厨房门口低多少，不过苏丁丁没时间考虑太多，他冒着浓烟冲进了小雨的房间。小雨的房间里面同样烟雾弥漫，借助窗口透过来的阳光，他隐约看到小雨的身影正在床上挣扎。“小雨，怎么样？”他喊了一声。没有人回答，但是一只手从火光中伸出来。

苏丁丁把小雨从床上抱起来，将湿衣服罩在她的头上，然后向外面跑去。在经过厨房门口的时候，他转身用后背对着火墙，把小雨完全护在胸前。

窒息、高温、疼痛，让他难以忍受，但是他知道：只有坚持下去，只有挺过去，才可能为自己和小雨搏来一条生路！他的心中只剩下一个念头——坚持！

终于蹚过了火墙！出门的时候，苏丁丁的头重重地撞在了门框上，但是他一点都没感到疼。他只觉得呼吸困难，浑身的力气正在飞快消失，手上的小雨逐渐变得沉重。

勉强下到三楼，他实在忍不住了，便张嘴呼吸，可是吸进去的几乎都是浓烟。他眼前一阵晕眩，一头向地上栽去。

就在他倒下的一瞬，一只有力的手臂扶住了他。然后，手里的小雨被接走了，一个呼吸器罩在他脸上。他恍惚看到一个橙色的身影，之后便昏迷过去。

不知道过了多久，苏丁丁逐渐有了知觉。他觉得自己趴在一张床上，后背和左臂火辣辣地疼。他的头向左侧偏着，视野模糊，似乎看到几个白色的影子正围着他忙碌。一阵撕裂般的疼痛袭来，他再度陷入昏迷。

再次醒来的时候，疼痛仍然剧烈，但是苏丁丁的意识清醒了许多。他仍然是趴在床上，周围很安静，他猜测自己可能在一个单间病房里。他爬起身，看到左下臂疼痛的部位抹着黄色的药膏，便猜测自己后背大概也是如此。他看到义足还固定在腿上，便下了床走了几步，推开了病房门。

一个护士迎了过来，道：“你怎么起来了，快回去休息。”

“我没事，小雨怎么样了，苏阿姨怎么样了？”

“谁是小雨？你快回去！哎，你不能到处乱跑啊。”

在护士站的办公室里，苏丁丁找到了柳若然。一个消防武警和一个公安正和他说着什么。

从他们的叙述中，他大概了解了事情的经过和结果。柳若然只比苏丁丁早几分钟来到 401 房间。他按下门铃的刹那间，就像按响了炸弹的引爆器——防盗门在轰然巨响中应声而飞，柳若然被气浪直接掀到了三层半的楼梯拐角处。然后，他看到黑烟从 401 房间内冒出，火焰在这个房间内翻卷。他惊慌失措地跑到二楼，随后便瘫倒在楼梯上。

消防局的警官在经过现场火调之后，认为是厨房的天然气发生了泄露，而按动门铃所引起的微弱电弧导致了天然气爆炸，从而诱发了火灾。这场火灾导致 401 房间的所有门窗均被震碎，房间内的物品也都付之一炬。还好由于扑救及时，火灾没有波及住宅楼的其他住户。在救火的过程中，在主卧室发现两具烧焦的尸体，初步判断为刘某某夫妇。刘小雨被苏丁丁救出，但全身重度烧伤，正在抢救之中。

医院烧伤科的走廊尽头是重度烧伤抢救无菌舱，那个门口常年亮着禁止探视的警示牌。透过门上的圆形玻璃窗，苏丁丁看到了小雨。其实，他也不太确定那是不是小雨，他看到的只是黑里透红、涂满药膏的一具人体，并没有任何特征可供辨认。

苏丁丁默默地在窗前站了十几分钟，他的手无力地垂着，脸上没有任何表情，只是眼眶里泛起了泪花。

苏丁丁眨了眨眼睛，把即将掉落的泪水憋回去，然后走进了烧伤科主任的办公室。

烧伤科主任是一个身材高大的中年男性，此时他正在办公桌前翻看病例。看到一个中度烧伤的病人没有请示便走进来，他微微皱了皱眉。

“你是苏丁丁吧。你的伤虽然不是很重,但需要多休息。”主任说道。

“谢谢您的照顾。”苏丁丁点头致谢，一面在办公桌前的椅子上坐下来，一面说道，“我来，是想问一下刘小雨的病情。”

主任有些警惕地看了看他，缓缓说道:“刘小雨的伤情很严重，我们已经尽了最大努力。目前……还在密切观察之中。”

“我也是医生，虽然不是烧伤专业，但是我能看出患者烧伤的严重程度。”苏丁丁注视着主任，表现得非常冷静，“其实……我是想向您确认一下，小雨……还能坚持多长时间。”

主任沉默了一下，沉声说道：“你应该知道，患者的烧伤面积接近100%。这样的伤情，以人类现在的医疗技术，根本无法……”

“还有多久？”

“从现在开始，最长不会超过40个小时。”

办公室内一阵寂静。苏丁丁低下头，他的肩头在微微抖动。

抬起头的时候，他又恢复了平静，只是声音变得有些沙哑：“我可以为她办理出院手续吗？”

“你认为病人还能够出无菌舱吗？”

回到自己的病房，苏丁丁在污物桶里找到自己之前穿的那件外衣。外衣被烧了几个洞，衣服的袖子和后背位置也被医生做手术时剪去了，不过衣服侧口袋里的东西还在。苏丁丁很快便从那儿翻出了一张皱皱巴巴的名片。

“请问是‘星洁’家政公司吗？”

“请问你是哪里？”

“我是……哦，我找徐国辉先生。”

“对不起，这里没有这个人。”

“等一下，”苏丁丁又看了一眼名片，道，“我找徐国辉0288。”

“请稍等。”过了十几秒，一个低沉的男性声音代替了刚才的女声，“我是徐国辉0288，你是——”

“我叫苏丁丁，吕天明给我的联系方式。说是在我需要的时候，你可以给我帮助。”

“……有什么需要我做的吗？”

四十分钟之后，李利急匆匆地出现在医院走廊里。看见坐在走廊长椅上发呆的苏丁丁，他连忙走过来。

见是李利，苏丁丁也有些意外，不禁问道：“怎么是你来了？”

“这是我们局长直接给我打电话安排的特别任务。大概知道我跟你熟悉吧，看来你果真是手眼通天啊。”李利感叹了一声，然后表情变得有些沉重，“小雨家的事情，在来的路上我已经了解了，节哀。”

“先不说这些，东西带来了吗？”苏丁丁道。

“马上。”李利点头。

不到十分钟，一群穿着印有“保洁”字样工作服的人来到烧伤科，把五个半人多高的包装箱推进无菌舱对面的医生办公室。

在此之前，李利已经向主任出示了证件，临时征用了这个房间。

这些保洁人员打开包装箱，里面是一整套记忆追溯记录仪和计算机设备。他们快速且专业地把仪器组装好，并将其调至可用状态，然后转身离去。自始至终，他们都没有和苏丁丁有过任何交流。

“这是你的团队？”苏丁丁问了一句。

李利摇了摇头，道：“我也不知道他们是谁。我只负责和你沟通，完成你的要求。”

苏丁丁不再说话，转身启动了电脑。大师兄的虚拟影像投射出来，他环视四周，道：“我们又换了新的工作环境吗？”

苏丁丁一边换上手术服，一边说道：“准备记忆追溯，记录者：刘小雨，编号顺延。”

无菌舱门开启，苏丁丁来到小雨身旁，将一个无线传感器连接在她的手腕上，然后走了出去。

由于小雨身上本就连接着生理检测设备，她又始终处于昏迷状态，也就省去了许多准备工作，只需要将追溯仪的探测追踪器连接好即可。在整个过程中，苏丁丁没有去看小雨的伤势，他现在必须保证绝对的冷静，只能将所有的痛苦、猜疑、悲伤、愤怒都压在心底。

苏丁丁对李利说道：“这两个房间立刻隔离，禁止任何人干扰或窥视。”

李利转身出去。

苏丁丁躺在深眠椅上，将传感器与自己连接，冲大师兄点点头，道：“启动系统。”

苏丁丁出现在一间客厅里。

客厅里没有开灯，光线非常昏暗。夕阳在窗外横陈，没有热度的红色光线在房间里勾勒出家具的轮廓。

苏丁丁看到了小雨。

她抱着双腿，把自己蜷缩在双人沙发的角落里，望着外面的残阳发呆。

苏丁丁走过去，单腿跪下，小雨张开双臂。两个人默默拥抱在一起。

“我一直在等你，我知道你会来的。”小雨说道。

“究竟出了什么事？”苏丁丁问。

小雨松开苏丁丁，拉着他的手，让他坐在自己身边。她看着周围，说道：“这里的每一件家具、每一个物品，都是我亲手挑选的。”她神色平静，但目光中带着一丝神往，“我一直以为自己会在这里开启一段美好的新生活。我将和自己喜欢的人生一个可爱的小宝宝，然后看着他快乐地成长，可是……这些都是虚假的。”

苏丁丁这才注意到，客厅的墙上挂着小雨和柳若然的结婚照，电视里正播放着婚礼上的录像。原来，这里是小雨的新房。

“你不开心，是因为柳若然？”他问道。

小雨叹息一声，说道：“他表面上是一个阳光、知心、帅气的大男孩，但这只是他的伪装罢了……他从来不曾对任何一个女孩有过真心。他骗过很多女孩子，骗色、骗财……有三个女孩子为此自杀了。两个女孩家里的企业因他而破产……他根本没有工作，只是在不停地编织着一个又一个谎言，让一个又一个善良的人掉入深渊……他追求我，和我结婚，是因为公安局已经开始调查他的案子了。他需要我这样一个单纯无知的女孩来掩护身份……我从他的电脑文件里发现了这些事。可是，那时候已经晚了，我已经嫁给了他。”

“你坠楼的那天究竟发生了什么？”

“我想了很多，最后觉得，谁没有犯过错误呢！如果他能够改过自新，我可以原谅他……那天晚上，我做了他喜欢吃的菜，等着他回来，想和他聊一聊，把事情说清楚。谁知道他深夜才回来，还喝得醉醺醺的。我和他说那些事，他根本不认账。后来，我打开了那个文件夹，他一下子就不说话了。我想让他自己想一想，就一个人来到了阳台，谁知……”

小雨的目光投向阳台，那里出现了另一个小雨。那个小雨穿着一件吊带裙，独自站在阳台上，面对着茫茫夜色。就在这个时候，一个高大的身影走了上来。他似乎要和小雨说什么，但是什么也没说，反而突然伸手将小雨一把推下了阳台。小雨掉下阳台的那一刻，眼中满是迷惘与绝望。

苏丁丁霍地站起来，沉声说道：“这个禽兽不如的人渣！”然后，他转身怜惜地望着小雨，“你坠楼昏迷的时候，我为你进行记忆追溯，在你的记忆中重生。可是，在你的记忆世界里，我始终找不到你，你的家、单位、学校，包括这里，都被重重浓雾笼罩着……现在我才知道，原来你一直在逃避，不想面对这些让你伤心的事情，只是……你至少应该告诉我，我会想办法让他受到惩罚。”

“我并不想惩罚谁，也不想伤害谁，即使瘫痪在床，我还是这么想。我出院后，他来家里，趁着爸妈不在，一再向我道歉。他说那天喝多了，根本不记得自己做了什么，还说以后一定对我好，要照顾我一辈子。我不相信他，我知道他一直害怕我去告发他。我告诉他，我并不恨他，我只想和他离婚，永远也不要再见到他这个人，我只想陪着爸妈平静地生活。可是……他并不相信。”

“难道，火灾的事情也是……”苏丁丁有些不敢相信自己的猜测，他难以接受世上竟然会有这么丧心病狂的人。

“就是他。”小雨点头，这个善良的女孩此刻眼中终于有了一丝仇恨，“他上午来家里，买了很多蔬菜和水果，又是收拾东西，又是帮妈做饭，爸妈并不知道他的事，还被感动得不行。中午吃饭的时候，他忙前忙后，又是夹菜又是盛饭，可是饭吃到一半，爸妈就突然在饭桌上晕倒了，我也感到头晕目眩。在昏迷之前，我恍惚看见他正拖着爸往卧室里去。我知道，他这是在伪造现场，他……终于要动手了。果然，我醒来的时候已经深陷火海。幸亏你赶来了，可是……爸妈……是我害了他们。”

小雨低声哭泣起来。

苏丁丁把她揽在怀里，怜惜地抚摸着她的头，安慰道：“爸妈不会怪你的，是我们家小雨的心地太善良了。”

良久，小雨慢慢安静下来，拉着苏丁丁的手站起身。

周围的景物瞬间变化，两个人出现在福利院小区 401 房间。静谧的阳光为房间内的陈设镀了一层金边，房间里的家具虽然有些陈旧，但看上去温馨而舒适。

他们站在门口，看见年幼的小雨正伏在写字台前做作业，年幼的苏丁丁在旁边认真地为她辅导。年轻苏阿姨在厨房里做着饭，饭菜的香味从厨房飘出，缭绕在房间里。年轻的刘叔叔拿着一把羊角锤，正在维修那把坏了的椅子。

小雨的眼圈又红了，她的眼中充满了留恋与不舍。

“丁丁，是我爱慕虚荣，是我把柳若然想象成了白马王子。这些都是我错了……”小雨抬头唤着苏丁丁的名字，声音中带着说不出的柔情，“直到你把睡梦中的我唤醒，我才知道你对我的爱护早就超出了兄妹之情。而我也终于知道自己要的是什么，如果你允许的话，我想说一声，我——爱你。”

苏丁丁一把将小雨紧紧抱在怀中。

“我……也爱你。”

小雨的眼中流露出异样的神采，但转瞬又渐渐黯淡下去。

“可惜，我明白得太晚了。丁丁，我累了，我要去陪爸爸妈妈了，真想一直陪着你……你以后要照顾好自己，去找一个你爱的女孩……”

“不，我不会让你走！”

苏丁丁的手臂愈加用力，但是小雨的身体还是像星光一样消散了。

大师兄的心情变得沉重起来，因为他看到小雨的生理指征全部变成了直线：这表明她已经去世。而苏丁丁仍未醒来，他耐着性子又等了几分钟，可是苏丁丁依然没有苏醒的迹象。他很想把苏丁丁唤醒，可是又担心这种干预会对苏丁丁造成不可预测的伤害。

正在犹豫间，计算机系统的运转速度骤然提高，存储器开始大量记录数据。

二十三、一万种死亡

早晨六点半，212 吉普车开进了昌平区水屯殡仪馆。

在四号纪念堂的门口，柳若然正安排一些服务员摆放花圈和挽联，三四个刘家的远亲也在一边帮忙。

见到苏丁丁，柳若然默默迎上去，拿出黑色的孝带和白色的绢花并帮他佩戴好。

“节哀。”苏丁丁安慰道。

柳若然点点头，没有说话，表情沉重。

“有一件事……”苏丁丁说：“昨天我收到一个包裹，是小雨寄出的。寄出日期是一年前，大概因为快递公司耽误了。收件地址是我那里，但收件人却是你，我想这可能是小雨写错了地址。我猜测，这应该是小雨给你的包裹吧。”

“包裹里面是什么？”柳若然犹豫了一下，问道。

“不知道，我没有打开过。如果明天晚上你在家的话，我给你送过去。”

“好吧，谢谢。”

天色渐渐大亮，前来参加追悼会的人也越来越多。这些人中有刘家的亲戚，刘叔叔与苏阿姨的同事，也有小雨的同学和同事。柳若然作为主人负责接待，苏丁丁在旁边分发祭奠用品。

七点十分，纪念堂大门打开了。大厅正面的墙上挂着一家三口的黑白遗像，遗像的两侧布置着挽联和花圈。刘叔叔、苏阿姨和刘小雨的棺椁并排停放在大厅中央，棺椁的棺盖紧闭着，棺椁的周围绿植环绕。

柳若然和苏丁丁在遗像的右侧站好，司仪宣布追悼仪式开始。接着，他宣读了死者的身份、生平……

来宾在门口排成横队，有序地在棺椁前三鞠躬，接着环绕棺椁一周，然后与柳若然和苏丁丁握手并表示慰问。

整个过程没有人说话，只有低低的抽泣声在纪念堂内回荡。

柳若然一脸悲怆，他眼中泛着泪花，胸口剧烈起伏，某一刻终于无法抑制地放声大哭起来。来宾纷纷被感染，顿时哭声四起。

苏丁丁望着被绿植簇拥着的棺木，想起一家人在一起生活的点点滴滴，泪水不禁扑簌簌地滑落下来。不过，他没有哭出声，而是狠狠瞪了柳若然一眼，并暗暗发誓要让他得到应有的惩罚。

仪式结束后，来宾纷纷离去。柳若然和苏丁丁又等了一个多小时，才领到了骨灰。将骨灰盒放在万安陵园后，两个人对视一眼。

“明天见。”苏丁丁说道。

“好，明天见。”

然后，两人分头离去。

在陵园的停车场。

苏丁丁打开车门坐到驾驶位上，这时候李利不知从哪儿钻出来，上了副驾驶座。

看着柳若然驾驶着奥迪 Q7 从自己的视野里离去，李利说：“看上去真是一位孝顺的姑爷啊。”

“有发现吗？”苏丁丁问。

“我在辖区派出所调取了柳若然的笔录，没有在上面发现可疑之处，小雨的事情派出所也是按照坠楼事件处理的。”李利道。

“是柳若然把小雨推下阳台的。”苏丁丁的声音很平静。

“现场的痕迹和刘小雨身体上的伤痕都不足以证明曾经发生过暴力，而且事后刘小雨的笔录也没有指证对方，所以……”

“那么放火的事呢？”

“事发前两天，福利院小区的监控录像坏了，所以没有找到柳若然到达刘家的影像。而从柳若然和邻居的笔录来看，这完全是一起燃气爆炸引发火灾的意外事件，没有任何证据表明是蓄意放火。”

“真是天衣无缝！可是，连续两起罕见的灾难降临在一个普通家庭，说是意外，你相信吗？”

李利耸耸肩说：“法律是讲证据的。”

“可是证据都被凶手编织的谎言和小雨的善良所遮盖了。”苏丁丁说。

“我还查到两起投诉柳若然诈骗的案件，也都因为缺乏证据而无法立案。”

“看来，法律已经无法惩罚这个禽兽了。”苏丁丁说道。

李利有些担忧地看了看苏丁丁，说：“我能感觉到你的愤怒，作为朋友，我只想奉劝一声——别做傻事。”

第二天晚上八点，门铃响了。

柳若然打开门看见了门外的苏丁丁，他冲苏丁丁点了点头，然后看着对方手里的包裹。

“怎么，不请我进去吗？”苏丁丁问道，没有把包裹递过去的意思。

“请进。”柳若然说道，脸上露出一丝意味深长的笑容。

水晶吊灯散发着璀璨的光芒，客厅里一片明亮。墙壁上的大幅结婚照已经被取下了，留出的空白显得跟周围的环境很不协调。

柳若然自顾自坐到沙发上，摆出一副很放松的姿势，并没有招呼苏丁丁坐下。

苏丁丁站在客厅中央，看着柳若然说道：“小雨尸骨未寒，没想到你这么快就把结婚照取下来了。”

柳若然的神色冷下来，说：“我能理解你的心情，但……这是我的私事。”

“你的私事确实与我无关！可是，从你把小雨从楼上推下去的那一刻开始，你们的事就跟我有关系了。”苏丁丁说道。

柳若然噌地站起身，冲到苏丁丁面前。他比苏丁丁高了一头，便借助身高优势给苏丁丁制造压迫感。然而，苏丁丁毫不示弱，昂起头与他对视。

气氛骤然紧张起来，仿佛有无形的硝烟在房间里弥漫。

就这么对峙了两三分钟，柳若然忽然扑哧一笑，说：“看来你到我家并不是来送包裹的，说不定你身上还装着录音笔或者别的东西。你刚才说的纯粹是你个人的臆想，我不跟你计较。”

“灯开得这么亮，恐怕你睡觉的时候都怕有人来索命吧。”苏丁丁仍然咄咄逼人。

“你这个可怜的残废，如果你是来我这里无理取闹的，我不介意再教训你一顿。”柳若然沉声说道。

苏丁丁全身的肌肉都绷紧了，怒火在他心中燃烧，似乎随时都会冲破理智的阻拦。他努力使自己平静下来，低头把包裹放在茶几上，转身向门外走去。出门的一刹那，他回头看着柳若然，说道：“你会受到惩罚的。”

柳若然关上房门，把耳朵贴在门上，听着苏丁丁的脚步声渐行渐远，直到听到电梯间传来电梯开启的丁零声，他才把门反锁并走回客厅。接着，他坐到沙发上望着那个包裹发呆。

从苏丁丁的一番话里，他本能地感觉到这个包裹有蹊跷之处。他想把包裹直接扔进垃圾箱，可是包裹里的东西又吸引着他。电脑里的日记已经被他删除了，甚至连电脑硬盘都被他砸碎了。可是，他不能确定小雨有没有留备份。万一包裹里就是那份日记呢？万一苏丁丁已经拆开过包裹呢？

考虑再三，他拿出折刀，小心翼翼地拆开了包裹。不料，包裹里是一个漂亮的包装盒和一张小雨写给自己的生日贺卡。他想起来了，结婚前的那个生日，小雨说过要送自己一个小礼物，结果却被物流公司给弄丢了。小雨为此难过了好几天。看来，这确实是小雨给自己的包裹，他心里轻松了许多。打开包装盒，里面是一个心形的八音盒，掀开八音盒的盖子，一首生日快乐歌叮咚叮咚地响了起来。在那一瞬间，柳若然竟然有了一丝感动。

就在柳若然感动的那一刻，八音盒的盖子突然“啪”的一声闭合了，他的右手拇指恰好被夹在八音盒中。一阵刺痛从手指传来，接着大脑也感到一阵眩晕，然后他便倒头睡去。

在八音盒盖闭锁机关的旁边，安装着一个如 U 盘大小的传感器。它的一端伸出一个八针的小探头，随后刺入了柳若然的手指，另一端的红色指示灯这时闪烁起来。

楼下的甬道上停着一辆面包车。苏丁丁坐在这辆车上在一台电脑前忙碌着。

大师兄的影像出现在屏幕的一角，说:“系统接收到无线信号，通道已经建立，传输速率稳定。”

“好的，启动记忆追溯系统，追溯记录及时销毁，不要存储。”苏丁丁侧头看了一眼身边的深眠椅，说道。

柳若然醒来的时候，发现自己躺在沙发上。他看到吊顶上晶莹的水晶吊灯，心中不由一动，再一瞧灯下竟然站着一个人。

认清那人是苏丁丁后，他连忙坐起身，惊慌地说道:“你——你——你怎么进来的? ”

“这不重要。”苏丁丁悠闲地坐进对面的沙发，摆出一个舒服的姿势，缓缓说道，“我们还是来谈谈你的罪行吧。”

这诡异的一幕让柳若然汗毛倒立！他试图站起来，把对方制服，但是他发现自己全身一点力气都没有，就如木偶一样瘫软在沙发上，这个发现让他愈发惊恐，他奋力挣扎着。一米八八的身高，九十六公斤的体重，每周健身两次外加一次自由搏击训练，让他拥有远超常人的体力和攻击技巧，可是他现在用尽了所有气力，却连一根手指也无法动弹。

“好了，省省力气吧，搞不好你会累到虚脱的。”苏丁丁说道，“如果你不配合的话，那我只好……”

似乎有几百万伏高压涌入了他的身体，柳若然觉得自己好像在被几万根棒球棍轮番击打，顿时全身痉挛，口吐白沫。

“瞧瞧，终于老实了吧！对你这种人，谈感情、讲道理是没用的，只有无情的专制才能起效果。”苏丁丁笑了笑，目光渐渐冷下来，“我们开始吧，开始一场对你的……审判！”

柳若然已经说不出话了。他勉强把眼睛睁开一条缝，视野里那个弱小的残废第一次让他感到了害怕。

苏丁丁把手在空气中挥动了一下，在茶几的上方——也就是两个人的中间位置——出现了一个立体的虚拟屏幕。接着，一个三十多岁，面容姣好，衣着华丽的职业女性出现在屏幕中。

“王非晗，已婚，有一个七岁的男孩。她三十岁那年接手父亲的产业，执掌恒美集团。该集团是家族企业，业务涉及医药和物流领域，集团市值超过二十亿美金。这位女士，你应该认识吧。”

屏幕上又投射出一个四十岁左右身体有些臃肿的中年男性和一个小男孩的影像。

“当然，世上没有完美的人生。这位人前显贵的成功女士，背后却有一段不算幸福的婚姻。这是由家族联姻导致的，联姻加强了企业的实力却牺牲了个人的爱情。更不幸的是，这个女人在娱乐场所流连的时候，认识了一个恶魔。一年之后，恒美集团投资失败，集团濒临破产，王非晗的不雅照片被公布在网上。之后，王非晗在自己的寓所烧炭自杀。这一切的罪魁祸首就是那个恶魔，他的名字叫柳若然。”

柳若然在看到王非晗的时候眼神开始飘忽，过了一阵又镇静下来。在苏丁丁提到他的时候，他想出声反驳，但他的嗓子就像被什么东西堵住了，只能发出模糊的哼哼声。

“给你辩护的权利。”苏丁丁说道。

喉咙一松，柳若然凄厉的声音传来：“这个女人我认识，但我们只是普通朋友。公安也调查过，她的事情跟我没有任何关系。”他狠狠地望着苏丁丁，“不知道你用什么办法给我下了药，还想套我的话。我告诉你，你成功地激怒了我，我会让你生不如死。”

“真的吗？”苏丁丁无所谓地笑了笑，然后挥了下手。

屏幕接着变换，一张张柳若然与王非晗在各处旅游的亲密合影出现了，甚至还出现了一些他们在宾馆房间内的动作视频。柳若然看着看着，不禁冷笑起来：“这些东西只表明我们的关系亲密些，又能证明什么呢？”可是他马上就闭嘴了，因为屏幕上出现了他和另一个人对话的视频。两个人正在商量由柳若然引诱王非晗，两人一起图谋恒美集团。紧接着，屏幕上开始播放另一段视频：柳若然一边爱抚着王非晗，一边说出了那个投资骗局。下一个视频再次播放：王非晗一脸绝望，抱着柳若然的大腿苦苦哀求……

视频结束，柳若然仍然盯着屏幕发呆，他突然产生了一种大难临头的感觉。

“你还有什么要辩护的吗？”苏丁丁道。

“不可能，不可能！”柳若然一脸难以置信的表情，喃喃说道，

"这些事情不可能有第三个人知道，你是怎么……"

"人在做天在看，若想人不知，除非己莫为。"苏丁丁说道，"法网恢恢，疏而不漏，本法庭以诈骗罪判处你有期徒刑十五年。"

柳若然目露凶光，嘶吼道："你以为你是谁，你不过是个残废宅男罢了！我咒你不得……"

苏丁丁心思一动，柳若然的喉咙一紧，只能发出嘶嘶的喘息声。"下面我们来说说第二个案子。"苏丁丁说道。

屏幕上出现了另一位女性。这位女性非常年轻，年龄只有十八九岁。她穿着超短裙，全身洋溢着青春的气息。接着，屏幕又开始播放这位女性和柳若然的合影与视频。两个人举止亲密，看上去就像热恋中的情侣。当然，这位女性也没从他的魔掌中逃脱，视频的最后是她从学校的教学楼跳楼身亡的过程，而与此同时，柳若然的一张信用卡上增加了三千万巨款。

"董新萌，临江大学大二学生，一个痴情的女孩。她因为爱上了一个恶魔，前后三次堕胎，甚至不惜与其合伙制造绑架案，向自己的爸爸诈骗了三千万。可惜，她却被无情抛弃，生无可恋之下只得跳楼自杀，而那个恶魔的名字还是柳若然。"

柳若然说不出话，只能用仇恨的眼神狠狠地盯着苏丁丁。

苏丁丁也同样怒视着对方，斩钉截铁地说："铁证如山，容不得你狡辩，本法庭以诈骗罪判处你有期徒刑十年。"

屏幕又开始闪动，柳若然已经对这个屏幕所显示的内容充满恐惧。

那些深藏在他心底，自以为神不知鬼不觉的事情在屏幕上一一呈现，每一件都让他如坠深渊。这一次，屏幕上出现了刘小雨的影像。

“这个我就不多说了，你来看两段视频吧。”苏丁丁看着小雨，心中一阵酸楚。

就是在这间客厅里，小雨站在客厅的阳台上，无助地望着远处的夜色。阳台的窗户开着，夜风拂动她的长发，看上去是那么楚楚可怜。

柳若然从卧室里出来，看到阳台上的刘小雨。他犹豫了一下，走了过去，右手搭在小雨的腰间，左手抚摸着她的肩头，看上去很亲密的样子。他把嘴靠近小雨耳边，似乎在低声说着什么。小雨的脸色稍有缓和。

就在这时，他双臂用力，竟然把小雨提了起来。小雨双脚离地，上半身探出了阳台。她惊讶地望着柳若然，眼神转为迷惘，而后又转为绝望。接着，她的身体脱离了阳台，被黑暗吞没。

看到这里，柳若然目瞪口呆。视频里的镜头清晰度极高，就像近距离拍摄的一样。可是，苏丁丁那天并没去过自己的家里啊，自己也没在家中找到摄像头啊！他是怎么拍下这样的视频的？

苏丁丁没有说话。

第二段视频出现，地点是在福利院小区 401 房间。厨房里，柳若然围着围裙站在灶台前炒菜。他趁着苏阿姨在客厅摆放餐具的时间，打开了桃汁饮料的瓶盖，把准备好的麻醉剂倒了进去。镜头转换。餐桌前，他不断给大家夹菜，给杯子里倒饮料，又以自己对桃毛过敏的借口改喝茶水。

片刻之后，刘叔叔一家纷纷倒下。他把刘叔叔夫妻抱回卧室，伪装成午睡的样子，又把小雨抱回房间用被子盖好。然后，他把剩下的饮料倒进下水道，将餐具收进厨房，接着，扯开了燃气灶上的软管……二十分钟后，他退出401房间并按响了这个房间的门铃，于是爆炸声响起，火光翻涌。

看着视频，苏丁丁的眼中泛起泪花。他用充满了疲倦与悲伤的语气说道："我真的无法想象，你怎么忍心对这个善良的家庭下毒手！你难道没有一点良知吗？"

楼下的面包车里，大师兄不安地关注着不断变化的系统状况。记忆互联无线传感器是记忆所最后一项发明，设计者就是现实世界的他。但是，这项技术刚刚开发出来，就因为现实世界的他精神出现问题而搁置。现在是它第一次被应用到现实中，结果会怎样，大师兄的心里一点底都没有。现在，不知道是什么原因，传感器与系统之间的传输速率突然由GB级变成了KB级，两者之间的数据交换已经降低到记忆追溯最低要求的红线之下。他不断寻找着原因，是干扰还是屏蔽，抑或是传感器衰减？

柳若然冷眼看着苏丁丁，屏幕上的内容让他一度陷入绝望。但是现在，他重新燃起了希望，因为他发现他的手指轻轻动了一下，曾经消失的力气正像潮水一样重新涌入他的身体。

他一边积蓄力量，一边不断重复着一个念头：一定要弄死这个残废！

苏丁丁仍然沉浸在悲伤之中。他站起身，来到柳若然面前，一把抓住他的衣领，用力摇晃着哭喊：“他们对你倾注了爱，而你回报给他们的却是死亡。你这个魔鬼，你必须受到惩罚！”

柳若然看着苏丁丁悲怆的样子，忽然扑哧一笑，说：“我承认，是我一时疏忽，让你给我下了药。我一定会记住这个教训，不会再犯类似的错误。好了，现在你这个懦弱的残废可以去地下见你的小雨了。”

苏丁丁一惊，只见柳若然居然伸出左手将衣领从自己的手中扯出，又忽然抬起右手冲自己脑门重重一击。

一阵晕眩之后，他便被柳若然掀翻在地，然后对方像山一样压在他的身上。拳头雨点般落下，他根本无力反抗，只能用手护着头，徒劳地挣扎着。

柳若然骑在苏丁丁身上，心情彻底放松了。由于屈辱而燃起的怒火让他尽情地挥舞着拳头，他感到身下这具瘦弱的身体抵抗得越来越微弱。

“你这个被社会庇护的残次品，根本不配拥有活下去的权利，就让我来结束它吧。”

柳若然环顾四周，看到了茶几上有些重量的玻璃烟灰缸，于是将手向烟灰缸伸去。

苏丁丁也看到了那个烟灰缸。事态的发展超出了他的预想，他感到了死亡的威胁。他不断尝试着重新控制柳若然的思维，可是作用微乎其微——柳若然的手只是顿了一下，便又拿起了烟灰缸对着苏丁丁的脑袋用力砸去。

连接……连接……但是传输的数据只有几千 K，不足以施加有效影响。连接……连接……带宽有所增加，恢复到了 M 级……还差点，还差点，连接……连接……G 级！

烟灰缸划着弧线马上就要落下，这时苏丁丁眼中一亮，心思所致，柳若然顿时又如断线的木偶般瘫倒在苏丁丁身上，烟灰缸也沿着惯性滑落在苏丁丁耳边。

苏丁丁站起身，看着不断抽搐的柳若然，面无表情地说："刘小雨案中你犯有一宗谋杀罪，一宗谋杀未遂罪，与前面几罪合一，本法庭宣判你死刑，立即执行。"

柳若然发现客厅突然开始坍塌，景物开始变换。他的视野里出现了广阔的蓝天白云。奇怪的是，蓝天中竟然高挂着一轮月亮！不，那不是月亮，那是一面矩形的泛着寒光的铡刀！

他发现自己被绑在一个留有斑驳血迹的木架上，而那柄铡刀就悬在他的头顶，似乎随时都会落下。

他听到周围有很多人在呼喊着什么，但是他听不清。他艰难地扭动脖子，勉强看到一个建筑的尖顶：大理石的装饰，彩色的玻璃，典型的西方哥特式造型。他接着扭动脖子，终于看到大概有几万人簇拥在自己周围愤怒地呼喊着，但是他们穿的却是西方古典的服饰。

苏丁丁的脸出现在他的视线里，微笑着说道："现在是 1793 年，法兰西第一共和国刚刚成立，你现在躺的地方就是路易十六的断头台。我们将在这里对你执行死刑。瞧，我对你还是不错的，让你享受了皇帝的待遇。"

柳若然的心已然被恐惧填满，那高悬的铡刀似乎下一刻就会掉下来，他第一次向人求饶了："求求你，是我错了，放过我吧。我把所有的东西都给你，求你放过我。"

苏丁丁无动于衷地说道："当那些无辜的人向你苦苦哀求时，你可曾有一丝的怜悯？这是你应得的惩罚，我们开始吧。"

吊着铡刀的绳索被斩断，铡刀沿着滑轨落下。它降落的速度并不快，但是这种死亡逼近的无力感最折磨人。柳若然的神经在恐惧中绷断了。他发出死前的嘶吼，但是他的声音随着铡刀落下戛然而止。随后，他感到颈间传来一阵无法忍受的剧痛，接着他的头落了下去。失去知觉前，他看见断头台上有一具无头的尸体喷射着鲜血。

柳若然睁开眼睛，发现自己被赤身裸体吊在一根倒 L 形的木杆上。他一阵迷惘，自己不是死了吗，怎么又恢复了知觉？他放眼望去，这是一个黑暗的山谷。远处是连绵的山峰，头顶是无星无月的夜空，夜空和山顶都呈现沉沉的黑色，只有隐隐的火光勾勒出两者的分界。黑暗中惨叫和悲鸣此起彼伏。

柳若然那崩溃的神经似乎重组了一遍，让他处于一会儿疯癫，一会儿清醒的状态。他看见苏丁丁从不远的地方飘过来，吓得他颤抖了好一阵。

“欢迎来到地狱这个传说中的地方。”苏丁丁说道，“这一次你要体验另外一种惩罚。请看下面。”

柳若然低下头，看见了一口黑色的大锅。红色的火焰在锅底燃烧，锅里面黏稠的液体在不断翻涌。他马上感到一股难以忍受的热浪袭面而来。

“想必你对油锅这个事物早有耳闻吧！今天你终于能够亲身体验啦。”苏丁丁感慨万千，接着说道，“下面我来给你介绍两位行刑人，刘叔叔与苏阿姨。”

柳若然看见苏阿姨正抱着柴火向火里添加，还抬头慈祥地对他说：“我把水烧得热热的，快来痛快地洗个澡吧。”

刘叔叔还是跟往常一样不爱说话，此时正拿着一把剪刀剪那根吊着他的绳索呢。

柳若然发现自己正在向下坠落，很快便落入油锅内，钻心的疼痛瞬间袭卷全身。他张开嘴惨叫，热油又顺着嘴灌进了五脏六腑，于是又一波巨痛袭来。

柳若然无法忍受，他希望自己能够立刻死去，他从没像此刻这样觉得死亡竟然是一种美妙的享受。可是，他始终是清醒的，清醒地在无休止的疼痛中煎熬，清醒地看着自己的身体焦煳……

再次清醒的时候，柳若然连忙四处寻找苏丁丁，并口中高呼：“求求你，饶了我吧，苏爷爷，我再也不干坏事了。我愿意给他们偿命，求求你，让我死吧！”

苏丁丁出现在他面前，皱了下眉，说道：“你的心这么硬，血这么冷，怎么着也得好好改造一番。我来给你介绍一下我们老祖宗的杰作。这里是清末的北京菜市口，非常荣幸，你这次可以享受跟苏克萨哈同等的待遇。”

柳若然这才注意到，此刻是一个天色阴沉的下午。远处是茶楼、饭馆、澡堂等市井建筑，近处围着黑压压数不清的人，这些人神情愤怒脑后还留着长辫子。顺着这些人的目光，他看见在自己左侧立着一根十字架，一个胖子被绑在上面不断发出杀猪般的号叫。两个人围着这个胖子，一个端着盘子，一个拿着小刀，正在他身上操作着。

柳若然立刻像胖子一样号叫起来，因为他发觉自己也被绑在十字架上。

苏丁丁不理会柳若然的号叫和哀求，他冷冷说道：“我来介绍另外两位行刑人，一位是王非晗，一位是董新萌。”

随后两个年轻女性出现在他身边，一个穿着雪莉套装，一个穿着超短裙。两个人亲密靠近，分别拿出银光闪闪的手术刀，围着柳若然轻柔地忙碌起来。

很快柳若然的惨叫声便直冲云霄。

苏丁丁说:“牡丹花下死，做鬼也风流，你的命太好了。”

醒来，柳若然仿佛置身于一座雪山的峰顶。这里蓝天清澈，白云堆积，群山在他的脚下蜿蜒伸展，宛若仙境。

第一阵风吹来，柳若然的衣衫褪去，肌肤变得透明。

第二阵风吹来，他体内的血液凝固，心脏颤抖了一下，随即冰冻。

第三阵风吹来，他的身体像炸裂的花瓶一样变得粉碎，随后随风飘散。

死去。

醒来，柳若然发现自己变成了一堆黑色的石头，正被倒入一座红色的熔炉。他经过几千度的高温熔炼，变成了一块钢锭，随后又被送往水压机下承受几万次的锻压。

死去。

醒来，柳若然发现自己身处荒野，头顶是一片漆黑的太空，星星变成了一个个没有热量的白点。他感到异常寒冷，又感到呼吸困难。接着，他发现了一些神奇的事情：他的眼睛像吹起的气球一样越来越大，最终砰的一声炸开了；他一张嘴，五脏六腑从嘴里一一吐出。他变成了一个里外翻转的怪物！

死去。

……

醒来，柳若然精神涣散，他口吐白沫，目光呆滞。柳若然的神智已然崩溃，成了一个时刻处于恐惧中的白痴。

苏丁丁出现在他眼前，说道:“别装了，虽然那么多女子被你骗了，但是你骗不过我。我依然会断续对你执行死刑，哦，忘记说了，是一万次。”

二十四、沙砾

苏丁丁回到记忆所的时候已经是深夜一点了。他觉得自己从来没有这么困过，眼睛都快睁不开了。他勉强走进卧室，倒头就睡。

不知道过了多久，他被一连串沉重的敲门声吵醒了。打开门，他看到王主任出现在门口，后面还跟着两个警察。

王主任脸色有些慌张，说：“苏博士，这两位民警有事情要向你了解一下。”

警察出示了证件，要求苏丁丁回局里协助调查。他洗了个澡，换了身衣服，随两位警察来到了公安局。

“柳若然认识吗？”

“认识。”

“昨晚你到他家去了吗？”

“去了，送了个别人给他的包裹。”

“在他家待了多久？”

“不到五分钟吧。”

“你在他家楼下的车里待了一个多小时，为什么不走，你在做什么？”

“不知什么原因，我一上车就昏迷了过去。”

……

苏丁丁在公安局待了一整天，警察就拿这么几个问题翻来覆去地问。最后，做了笔录，让他离开。

回到记忆所，苏丁丁一点也不困了。他来到实验室，打开电脑，启动系统，对大师兄说道：“载入刘小雨最后一次互联记录。”

大师兄没有马上执行指令，而是有些犹豫地说道：“系统记录里检测到一次 AI 执行错误。”

“什么错误？”

“我并没有删除柳若然的互联记录，而是把它转存到了一台多重加密的云服上去了。”

苏丁丁想了想说：“先这样吧，导入小雨的互联记录。”

两个人出现在福利院小区 401 房间。静谧的阳光为房间内的陈设镀上了一层金边，房间里的家具虽然有些陈旧，但看上去温馨而舒适。

他们站在门口，看见年幼的小雨正伏在写字台前做作业，年纪的苏丁丁在旁边认真地为她辅导。年轻苏阿姨在厨房里做着饭，饭菜的香味从厨房飘出，缭绕在房间里。年轻的刘叔叔拿着一把羊角锤，正在维修坏了的椅子。

小雨的眼圈又红了，她的眼里充满了留恋与不舍。

“丁丁，是我好慕虚荣，是我把柳若然想象成了白马王子。可是我错了……”小雨抬头呼唤着苏丁丁的名字，声音中带着不可言状的柔情，“直到你把睡梦中的我唤醒，我才知道你对我的爱护早就超出了兄妹之情。而我也终于知道自己要的是什么，如果你允许的话，我想说一声，我——爱你。”

苏丁丁一把将小雨紧紧抱在怀中。

“我……也爱你。”

小雨的眼中流露出异样的神采，但是很快又渐渐黯淡下去了。

“可惜，我知道得太晚了。丁丁，我累了，我要去陪爸爸妈妈了，真想一直陪着你……你以后要照顾好自己，去找一个你爱的女孩……”

“不，我不会让你走的！”

苏丁丁心思一动，画面定格了那一刻。

这是苏丁丁与刘小雨通过记忆互联，在今生见的最后一次面。他把这段记忆存储了下来。

小雨已逝，可是借助记忆互联记录再次见到她，再次与她交谈，苏丁丁感到幸福又感伤。

他走近小雨，伸出手轻轻抚摸着她的脸庞，然后在她的唇间轻轻一吻。

“柳若然已经受到了应有的惩罚，他的肉体虽然还活着，但是他的意识已经被恐惧所笼罩。他成了一具没有思想、没有记忆、没有认知，见到兔子都会害怕的行尸走肉。”

一切终于都归于平静，就这样过了两个多月。一天，王主任突然来了。

坐到沙发上，王主任露出一副欲言又止的表情。

“是上面又有了让您为难的决定吧？”苏丁丁倒了杯茶放到茶几上，问道。

“是啊。”王主任有些感慨地点点头。

“未来所要搬回去了吧？”

“你怎么知道的？”王主任一惊。

“我还是回地下二层吧！一个人住一栋楼，瘆得慌。”

于是，苏丁丁又搬回了地下室。对于他来说，这一年经历了太多的事情。他隐隐觉得，自己或许真的是个克星，身边的人要么死去，要么沉睡，要么疯了。大概蜷缩在地下室里与世隔绝，才是他最好的归宿吧。每个月工资又变成了 2500 元，巨额科研经费也不知何时被转走了。这让他稍微有一点儿失落。不过，这些钱足够吃饭了，他也不需要在其他地方花钱了。

这一天，原来跟随吕天明的陈秘书带着一位律师来到了地下二层。

他们带来了一份遗嘱和一把钥匙。遗嘱上注明，吕天明老人把生前的所有财产都留给了苏丁丁。

拿着那把钥匙，苏丁丁在建设银行的保险库打开了一个存储箱。存储箱里有一张金额为八位数的存折和一栋别墅的房产证。别墅的地址在遥远的贵州平塘。

苏丁丁心里没有激动，却有一番感动。所有亲人都已离去，带走了全部的关怀与温暖，这份来自陌生人的惦记让他几乎热泪盈眶。

这是非常贵重的遗产，可是对于苏丁丁这个非正常人类来说却没什么用处。不过，远在贵州的别墅让他有那么一点好奇。

日子还在继续，又过了一个多月。这天，晚上散步的时候，苏丁丁又想起了那栋别墅，便动了想去看一看的心思。于是，他买了去贵州的机票。

在北京 T3 航站楼候机的时候，他接到了李利的电话。

“以为你把我忘了呢。”苏丁丁打趣道。

“怎么会！不过，我想你这段时间恐怕不希望接到我的电话吧。”

“为什么？”

“因为柳若然啊。那家伙莫名其妙地疯了，而他出事前见过的最后一个人就是你。别忘了，我可是个警察。”

“疯了？真是老天开眼啊！这和我可没有一点儿关系。”

“呵呵，呵呵……”李利在电话里阴阳怪气地笑了几声。

“没事我挂了。”

“等等，来电话是想告诉你一声，林颐的无罪判决书下来了。她明天上午就释放了。”

“知道了，挂了，要上飞机了。”

“飞机，你要去哪里？”

“贵州，这不算畏罪潜逃吧？”

“潜逃，你有罪吗？”

“呵呵，呵呵……”苏丁丁也阴阳怪气地笑着。

出了贵阳机场后，那栋别墅依然遥远。苏丁丁坐了半天的长途汽车才抵达平塘县城，住了一宿又坐了近三个小时的车才到达克度。世界有名的 500 米 FAST 射电望远镜就坐落于此，而吕天明的别墅就在附近的一座小山上，两者相距不足四公里。

在山脚的公路边下了车，苏丁丁沿着一条狭窄的盘山公路走进了这栋显得有些孤零零的别墅。

别墅有两层，进门便是一间宽敞的客厅。客厅的对面还有一扇门，通往后面的花园。客厅的左手边是餐厅和厨房，右手边有两间客房和卫生间。房间里家具齐备，还都蒙着防尘的白布。屋内的氛围因这白布显得有些肃穆，在宁静中带着淡淡的忧伤。

苏丁丁在房间里转了一圈，便向二楼走去。出了楼梯，是一个改为陈列室的大厅。大厅的墙上挂着各种素材的画作，显然都是吕天明的作品。大厅左手边的门关着，苏丁丁猜测那应该是吕天明的卧室。

大厅右手边房间的门虚掩着，他隐约觉得里面应该是书房兼画室。

苏丁丁推开大厅右手边的房门，视线一下子便落在窗前的那张画案上。他走过去掀开蒙着的白布，一幅白色的宣纸展现在他的眼前。阳光落在宣纸上，凝聚出几点光斑。

苏丁丁静静地坐在画案前的椅子上，目不转睛地看着这张白纸发呆。

吕天明就是在这里创作了《沙砾》，那幅不可被观看，不可被描述的神秘画作。这张宣纸是《沙砾》的载体吗，还是另一张空白的替代品？可惜，没有人能够给出答案。那幅画已经随着老人的逝世而消失了。

事实上，它只在吕天明和苏丁丁的脑海中存在过，从来就不曾在这个世间上出现。

苏丁丁一动不动，房间里的一切如同定格了一般，只有时光在缓慢变换，由明亮转为昏黄，继而转为暗淡……

苏丁丁的视线变得模糊起来，他叹息一声站起身来。但是，就在他的目光离开宣纸的那一瞬间，他好像看见有什么东西正从宣纸中浮现出来。

上午十点，看守所的小门打开了。林颐走了出来，她还穿着那身红色的套裙。由于已近深秋，这身衣服使她看上去显得那么单薄。

早就等候在外边的王之源快步上前，把一件长款羽绒服披在了她的身上，然后搂着她的肩膀，向停车场走去。

车子驶过一个寂静的村庄后，就汇入了公路上的车流中。

林颐把手臂支在车窗上，侧头望着窗外黄绿斑驳的树木和行色匆匆的行人。

王之源一边开着车，一边看了看林颐，然后伸出右手握住了林颐的手。林颐的手一颤，随后慢慢放松下来，她侧过身把头缓缓地靠在了王之源的肩头。

“我已经把工作辞了。以后我们一家人在一起，再也不会分开了。”

“嗯。”林颐轻声应道。

北京不愧为交通最为拥堵的城市之一，一个多小时后，林颐才走进那个她以为再也回不来的家。

“豆豆呢？”林颐望着房间里熟悉的布置，问道。

“去他奶奶家了，晚上才会回来。白天我们两个可以享受一下二人世界。”王之源笑着说道。

林颐看着餐桌上的玫瑰和红酒，心里一阵感动。

王之源搂着林颐的腰，嘴唇凑近她的脸颊，在她耳边亲了一下，说道：“去洗个澡吧，顺便把所有的不愉快都忘记。我去做饭，有你最爱吃的清蒸多宝鱼和拔丝红薯。”

林颐打开卧室衣柜，依次拿出文胸、内裤和外衣，然后把身上的衣服全部脱去，装入一个塑料袋并丢进了垃圾桶。接着，她围上浴巾，进了浴室。

打开淋浴器，水流密集地喷洒下来，水汽逐渐在浴室里弥漫开来。林颐感到了温暖，也感到了一丝迷惘。

她把水温调得很高，任由水流冲刷着自己的身体。她的皮肤很快就变得红润起来。那些恐怖的事情真的已经过去了吗，已经觉醒的记忆真的再度沉睡了吗，自己真的能够回到从前吗？

她一遍遍地抹上沐浴露，一遍遍地搓洗着皮肤，像要把所有的污垢都清除掉……

王之源在厨房忙碌着，一边熬制着拔丝红薯的糖汁，一边关注着旁边的蒸锅。多宝鱼的鲜味正从锅缝里散出来，他回头大声问：“小颐，怎么样了？菜快好了。”

林颐随口答应一声，一边用浴巾擦拭着头发，一边走出浴室。她来到卧室，穿上衣服，坐在梳妆台前，对着宽大的梳妆镜拿起那些有些陌生的化妆用品为自己画妆。画着画着，她忽然看着镜子中的自己默默地发起呆来。

王之源端着清蒸多宝鱼从厨房出来，看了看卧室里的林颐，招呼道：“收拾好了吧，快来吃饭吧。”

两个人坐在桌前。王之源打开红酒，在两人面前的高脚杯中倒了一些，又拿起筷子夹起一块鱼肉放在林颐的餐碟里，说：“尝尝，看还是不是以前的味道。”

林颐听话地把鱼肉放在嘴里咀嚼了一会儿，然后点点头，微笑起来。

王之源拿起高脚杯与林颐的轻轻一碰，说道："为了我们两个人即将开始的新生活，干杯。"

"还有豆豆。"

"对，还有豆豆！祝我们一家人幸福安康，干杯。"

酒液是苦涩的，但是苦涩中又带着葡萄的清香。放下杯子，两人陷入短暂的沉默。接着，王之源轻声问道："这些天，没吃苦吧。"

林颐轻轻地摇摇头，望着丈夫，道："你呢？"

王之源苦笑着说："家庭妇男可不是那么好当的，咱们家没有你可不行。"

林颐莞尔一笑，欠着身子亲了王之源一下，带着愧疚说道："辛苦你了，都怨我。你的工作怎么办，就这么辞了吗？有点可惜。"

"去他的工作吧！当我回到家里，看着这空空荡荡的家，我终于明白了，豆豆和你比什么都重要。"

"你的公司叫什么来着？"

"比科医疗啊。"王之源回答。

林颐又欠起身，摆出一副要亲王之源的样子，但是她忽然伸出右手在对方的胸口重重一点——一柄细细的手术刀便刺了进去。

王之源依旧稳稳地坐在椅子上，但是他的目光却迅速暗淡下去，很快便气息全无。

林颐淡定地抿了一口红酒，又夹了一块拔丝红薯，慢慢品尝着……

在王之源的胸口，鲜血缓缓地环绕着银色的刀柄渗出来，好像一朵绽放的玫瑰。

午夜。

平遥古城，在那间叫作“邂逅”的酒吧里。

灯光非常昏暗，顾客们模糊的身影在似有若无的音乐中四处飘荡。

陈远坐在最里侧的一个座位上，他的身体几乎全部隐没在黑暗中，只有淡淡的灯光勾勒出他的面部轮廓。

茶几上放着啤酒，但是自从服务生放在那里之后就再也没动过。

他对面的座位是空着的，已经有几个女孩微笑着走过来，想成为它的主人，但是在陈远漠然的目光下都识趣地离开了。

陈远来这里不是为了娱乐，也不是为了享受孤独。他在等一个人，一个消失了十几年的人，一个可能永远也不会出现的人。

酒吧的门打开了。在此之前，顾客们进进出出，伴随着迎宾铃铛的丁零声，门频繁地开合。每一次，陈远都会投去满含希望的目光，然后那目光又迅速暗淡下去，但是这次不一样。

一个女孩出现在了门口。

女孩很漂亮，但是在美女如云的酒吧里并不出众。可是，在陈远眼中，女孩的全身似乎都沐浴在微光中，就好像一颗星星落入尘间。

女孩径直走过来坐到陈远面前，然后静静地凝望着他。陈远也深情地望着女孩。两道目光交织在一起，浓浓地爱意在两人周遭蔓延。

良久，陈远才开口说道:“你去哪儿了，怎么离开这么久？”

“去了很远的地方。走得太匆忙，没有来得及告诉你。”女孩回答道。

“下次走的时候，记得把我也带上。”陈远的眼睛始终望着对方，似乎要把她刻在心里。

女孩点点头，忽然站起身，一头扎进陈远的怀抱。

陈远紧紧地抱着女孩，终于确认自己不是在做梦。他喃喃说道:“我等了你十二年。感谢上天，终于让我等到了你！我发誓，不会再让你从我身边离开了。”

女孩的头轻轻在陈远胸前摩擦着，声音几不可闻:“每时每刻，我也在想念着你。我……不会离开了。”

夜渐渐深了，客人散去了，酒吧里只剩下陈远这一桌客人。酒吧服务员不忍打扰那对恋人，只好在吧台煎熬。

“我们出去走走吧。”陈远建议。

“好。”女孩顺从地回答。

陈远站起身，很自然地拉住女孩的手。

走出酒吧，他们置身于平遥古城一条长长的街道中。

街道两边的店铺已经打烊了，街头彩色的霓虹灯不断闪烁着，那些古朴建筑的轮廓在明暗变动的灯光下时隐时现……

陈远拿出手机，伴着这美丽的夜景拍下了一张合影。

街道上行人很少，他们就那样手拉着手缓缓走去，直到天际泛起鱼肚白。

这是陈远和聂小倩今生第二次见面。

由于一时好奇，苏丁丁来到了遥远的贵州山区。可是，当他走进吕天明的那栋别墅后，便决定在这里定居。

他回了一趟北京，把自己的私人物品打包寄往贵州，然后去找了王主任，问能否带走一台记忆追溯记录仪。他预计带走仪器这件事会很麻烦，于是做好了被一口回绝的思想准备，没想到事情竟出奇的顺利。

王主任不仅同意了，还告诉他，可以把所有设备都带走，将记忆所整体迁往贵州，隶属于中科院贵州分院。不到三天的工夫，记忆所的转隶文件就到了苏丁丁手中。

苏丁丁拿着文件前往贵阳，贵州分院的领导亲切接见了他。领导还告知他，院里对记忆所的到来表示热烈欢迎，还责成相邻的贵州射电天文台提供一切必要的帮助，并且承诺不会对记忆所的运转做任何干涉。

苏丁丁对事态的发展有些摸不着头脑，隐隐觉得有一只大手在背后推动。

可是，无论如何新的记忆所在贵州的偏远山区重建了。

苏丁丁用吕天明留下的资金买了一些生活必需品，还买了一辆长城 SUV 作为与外界联系的交通工具。

他把别墅一层重新布置了一下，搬进了其中的一间卧室，又将另一间改为了工作室。大厅则被他改成了机房和实验室，里面堆满了机器设备。二层则保持着原貌，这是他对老人的一种怀念和感恩。

苏丁丁在这里开始了与世隔绝的新生活。

他每天的生活既单调又规律：六点起床，洗漱、吃早点；七点，围着小山慢跑一圈；八点，打理花园里的花花草草；九点，玩游戏或者发呆；十一点半，吃午餐；十二点，午睡一会儿；下午一点，他会来到位于二层的画室待上一个下午，有时会一直待到深夜。

苏丁丁觉得，曾经的过往似乎都留在了遥远的北京，而且似乎离他越来越远……

生活就这样平静地过了两年。

这一天，很久没有动静的电话铃声忽然响起。

“苏博士，你好！我到你单位找你，没想到那里已经成了储藏室。你搬到哪儿去啦？”陈远问道。

“我在贵州，你找我有事吗？”

“我要结婚了，想邀请你参加我的婚礼。”

“哦？”苏丁丁一怔，“你和谁结婚？”

“小倩啊，我终于找到她啦。”

“不可能！”苏丁丁脱口而出。

“谁说不可能，给你发张我们的合影，你看看就知道啦。”电话里，陈远爽朗地笑着。

挂断电话之后，苏丁丁手机里收到一张照片：迷人的夜色下一对情侣依偎在一起，脸上带着幸福的笑容。

苏丁丁反复端详着这张照片，那个脸上带着幸福笑容的女孩确是聂小倩无疑。他终于想起来了，自己和李利在酒吧遇袭时，与歹徒搏斗的女孩正是聂小倩——怪不得当时他看着有些眼熟。他忽然觉得，这件事绝没有这么简单，而且肯定和自己产生了说不清的联系。他又想了一阵，忽然念头一转，心中暗想：这一切都和自己没什么关系了，自己要的只是像现在这样简单、平静的日子。

苏丁丁放下手机，望着画案上那幅白色的宣纸，嘴角露出满足的微笑。

在他的目光所及之处，那幅空白的宣纸上，正在浮现一幅包罗万象、神秘瑰丽并且在缓慢演化的画作。如果这个时候有另一个人旁观，便会发现宣纸上仍然是空白的。那幅画作只存在于苏丁丁的眼中，不可旁观，不可描述……

苏丁丁出现在了福利院职工家属小区 401 房间。他倚在卧室的门框边，默默注视着房间里的一切。衣柜、单人床、写字台、墙上的海报，都维持着他小时候初到刘阿姨家的样子。

他的嘴角露出了幸福的微笑。

沐浴着阳光，在写字台前忙碌的小雨察觉到苏丁丁的到来，转身向他张开双臂。苏丁丁连忙上前几步，将她抱在怀里。

“做什么呢？这么认真。”

“拼图啊，可是好像少了一块儿。”

苏丁丁的目光落在桌案上，一幅星空的拼图已经接近尾声，只是在右上角的地方缺了一块儿，显得不够完整。

他蹲下身在写字台下面拿出那块拼图，放在了空缺的位置上，一边欣赏，一边感叹：“你呀，都已经长大了，还是改不了粗心的毛病。”

小雨满不在乎地搂着他的脖子，撒娇道：“丁丁啊，我饿了，中午吃什么好吃的啊。”

苏丁丁抬起一只手，手上出现了一个菜篮子，里面装着几样食物：“今天咱们来个海鲜大餐，螃蟹、龙虾、扇贝，都是刚出海的。”

小雨高兴地欢呼起来，然后把苏丁丁推进了厨房。

“今天小雨做饭好不好，让我尝尝美女大厨的手艺。”苏丁丁恭维道。

“不好，咱们家做饭永远都是你的事。”小雨噘着嘴摇摇头，然后笑嘻嘻地在苏丁丁唇上一吻，道，“这是给你的奖励。”

苏丁丁立刻来了精神，用讨好的语气说：“想吃什么口味？我最近看了好几本菜谱。泰国风味怎么样？”

各色海鲜很快摆满了餐桌，小雨一边大快朵颐，一边称赞苏丁丁的厨艺有进步。

苏丁丁吃了一点儿就停下来，然后静静地看着小雨孩子般吃饭的样子，时不时拿起餐巾帮她擦下嘴角。他的眼神满含说不出的爱意，似乎看小雨吃饭就是世上最美好的事情。

吃过饭，苏丁丁把餐具收进厨房水槽，然后打开水龙头刷洗餐具。小雨从背后抱住他，说道："丁丁啊，房子里太单调了，我有些闷。"

"闷了，那我们换个地方好不好？我们去三亚，好不好？"

苏丁丁挥了下手，房间里的景物顿时变换起来。他们刹那间便置身于一个木制的度假别墅里，窗外就是金色的沙滩，高耸的椰树，推开房门便能看见蓝天白云和一望无际的大海……

"我是说……你不在的时候，我一个人有些闷。"小雨眼中露出喜悦，但还是有些不满足地说道。

苏丁丁想了下，说："好吧，有个礼物你一定满意。不过……这碗还是你来刷吧。"

小雨果然上当了，很快就把碗筷刷得干干净净，并将它们整整齐齐地放进橱柜。走出厨房的时候，她看见苏丁丁正笑盈盈地望着自己，手里还举着一只小动物。这只小动物蜷成足球般大小，黑白相间的毛发柔软而蓬松。

女生天生对这类毛茸茸的宠物没有抵抗力，小雨惊喜地将它抢过来抱在怀里。可是突然之间，这只毛球突然舒展开来，顷刻间变成了一只恶狼。它瞪着血红的双眼，毛发如针倒立，张开血盆大口……

小雨一惊，松开了手。

"别怕，别怕。"苏丁丁低头把宠物从地上捡起来，说，"它叫变变。你瞧，它的牙和指甲都被我拔去了。它有个特点，你对它越好，它就越容易变成凶狠的野兽。可是，如果你收拾它的话……来，你来试试。”

小雨有些胆怯，但还是听从了苏丁丁的话。她伸手拍了一下变变的头，原本还凶相毕露的小狼瞬间呜咽一声，忽然变成了一只可爱的沙皮犬，可怜兮兮地望着小雨。

苏丁丁把变变放在小雨手里，鼓励道："再试试。"

小雨依言又在它脖子上捏了一下，变变顿时露出一副献媚的表情，拼命摇着短短的尾巴磨蹭小雨的手臂，还忽闪着大眼睛卖萌。

小雨高兴起来，对苏丁丁说："我们去海里游泳吧。"

"你知道的，我不会游泳。"苏丁丁有些为难地说。

"那我们去沙滩上晒太阳。"

"可是，我们暂时还不能走出这个房间。"

"你骗人，不理你了。"

"别生气呀，那样会变老的！要不我们做游戏吧，要是你输了，就让我亲一下；要是我输了，就亲你一下。"

"讨厌，你占我便宜！打死你，打死你。"

"哎呀，轻点，轻点。"

……

401 房间处在一片荒芜的大地上。岩石裸露在地面上，周围沟壑纵横，远处有几座火山喷吐着滚滚黑烟，红色的岩浆四处流淌，闪电不时划过乌云密布的天空。在更远的地方，洪水肆虐，正在形成原始海洋。

在更遥远的空间里，一颗恒星放射着强烈的光芒，在它背后，有更多初生的星球散发出第一缕光辉。

这是一个诞生不久的真实世界，存在于不为人知的空间中，它的名字叫作“沙砾”。

401 房间里不断传出的笑骂声，为这个原始的世界带来了一抹生气。